LES BIDOCHON
SE DONNENT EN SPECTACLE

BINET

Binet

Les

Bidochon

SE DONNENT EN SPECTACLE

Soudain... Les Bidochon !

Oui !... Soudain, des personnages dessinés, dont on aurait pu penser qu'ils resteraient figés sur le papier *ad vitam aeternam*... Soudain, les voilà qui prennent vie, se lèvent et marchent !

Gloria ! Hallelouya !

Ils gesticulent, respirent, mangent, boivent, chantent, font l'amour et dansent le tango ! Et les textes écrits dans des bulles au-dessus de leurs têtes deviennent de vraies paroles, prononcées par de vraies bouches ! Et tout ça sur une scène de théâtre : **Les Bidochon**, immortelle saga créée dans *Fluide glacial* voici plus de dix ans par **Christian Binet**, montent sur les planches ! L'auteur en a écrit lui-même l'adaptation théâtrale.

C'est une vraie jubilation de retrouver tout au long de la représentation le plaisir éprouvé à la lecture de la B.D. et de constater à quel point cela « fonctionne » de la même heureuse façon. Les péripéties, mésaventures, situations, gags et répliques ne perdent pas une once de leur force comique en passant du papier à la scène. Cela semble une lapalissade mais à la réflexion, ça n'est pas toujours aussi évident qu'on pourrait le penser. Et il y a plus : les personnages, qui cette fois sont de chair et de sang, acquièrent du coup une dimension (c'est le cas de le dire) réellement inattendue.

Une dimension introduite peut-être par **Binet** lorsqu'il réalise ses pages et qui serait (pardon d'être pompeux et pédant) une sorte de gravité. Une gravité qui, dans la B.D., est bien sûr occultée par le dessin résolument caricatural et dont l'efficacité a fait ses preuves. Mais sur scène, cette ménagère en pantoufles et bigoudis devient soudain et par moments une femme tout bêtement malheureuse. Ce Français moyen à moustaches et béret basque, tyran égoïste et exécrable, devient soudain et par moments rien d'autre qu'un pauvre type dont on n'ose dire « comme vous et moi ».

Du comique, on glisse, l'air de rien et de façon fugitive, vers la comédie de mœurs. Mais que l'on se rassure, ceci est subjectif et n'engage que moi. Car en réalité, on rigole du début à la fin et seuls les « noirs » séparant les différents tableaux nous permettent de reprendre notre souffle.

On notera dans le texte le coup de théâtre final, inédit dans la B.D., et qui nous scie à la base. Tenez-vous bien : Robert et Raymonde réalisent soudain qu'ils sont frère et sœur ! (Ils ont été séparés à leur naissance.) Leur union est donc incestueuse. Ne pouvant supporter une telle situation, ils s'empoisonnent mutuellement et le rideau tombe sur leurs corps inertes, à la stupéfaction générale, comme dans Tristan et Yseult. Personne ne s'attend à un tel rebondissement ! Mais je n'en dirai pas plus pour ne pas déflorer cette chute imprévisible et géniale. Je n'aimerais pas tomber dans le travers agaçant du critique de service qui raconte tout, gâchant au spectateur le plaisir de la découverte.

Toute plaisanterie mise à part, cette adaptation est une réussite. Les créatures de papier sont passées avec bonheur de la planche à dessin à celles du théâtre.

Or donc, le rideau rouge s'ouvre sur les Bidochon !

En route pour la Grande Aventure... et que le Fluide soit avec eux !

GOTLIB

ÇA COMMENCE IL Y A 10 ANS

ALORS, COMME ÇA, VOUS VOULEZ MONTER MES BIDOCHON AU THÉÂTRE ?

OUI, MAÎTRE ! ON EST DES FANS DE LA PREMIÈRE HEURE ! ON A TOUS VOS ALBUMS...

ET LE TEXTE EST TELLEMENT GÉNIAL !!

J'AI DÉJÀ DES CONTACTS AVEC LE FILS DU PROPRIÉTAIRE D'UN CAFÉ-THÉÂTRE ET JE PEUX D'ORES ET DÉJÀ DIRE QUE MA TANTE NOUS ASSURE DE SON SOUTIEN FINANCIER TOTAL !!

BIEN... TRÈS BIEN !!

MAIS AVANT D'ABORDER LES PROBLÈMES MATÉRIELS, PEUT-ÊTRE SERAIT-IL PLUS SAGE DE PARLER DE LA PIÈCE !!

9

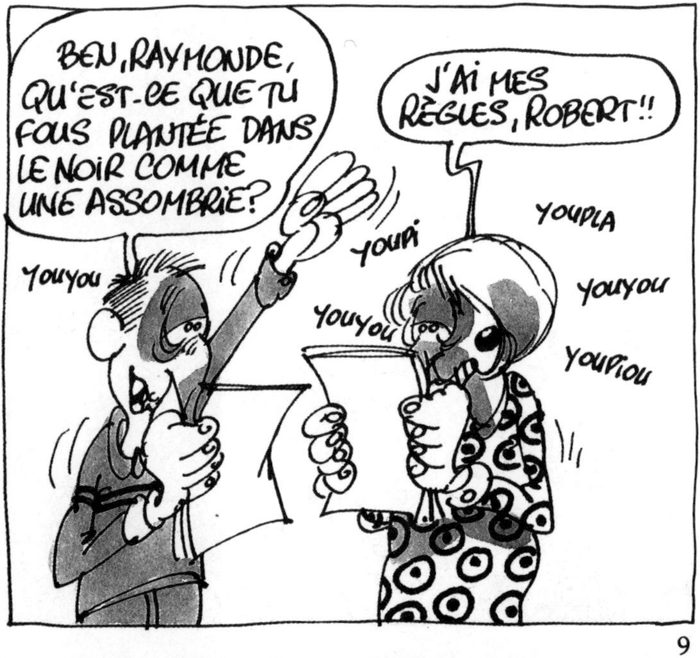

ALORS?

JE ME DEMANDE SI TOUTES CES FIORITURES SONT BIEN NÉCESSAIRES?

NOUS MANQUONS ENCORE UN PEU D'EXPÉRIENCE, MAIS COMME ON DIT: "AUX ÂMES BIEN NÉES..."

JUSTEMENT, JE ME DEMANDE SI VOUS NE GAGNERIEZ PAS QUELQUES ANNÉES EN PRENANT UN METTEUR EN SCÈNE?

C'EST À DIRE QU'IL FAUT QUE JE DEMANDE À TATANTE!!

LE PREMIER METTEUR EN SCÈNE

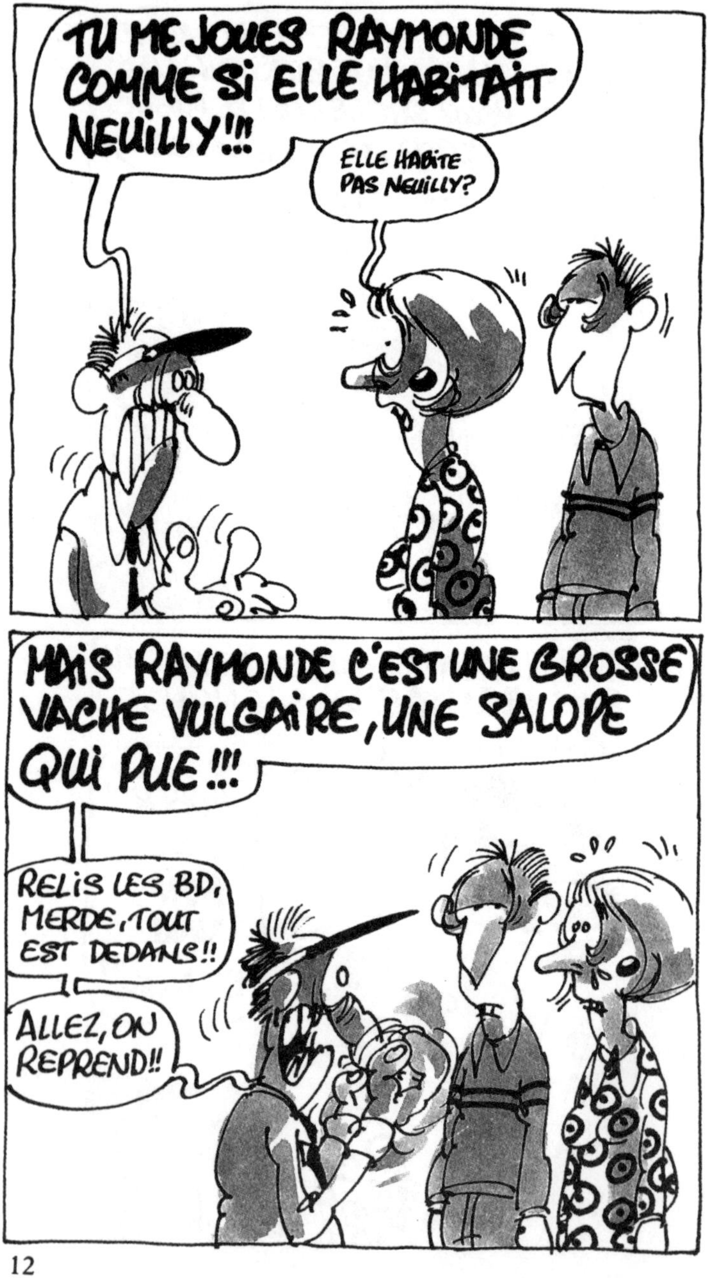

12

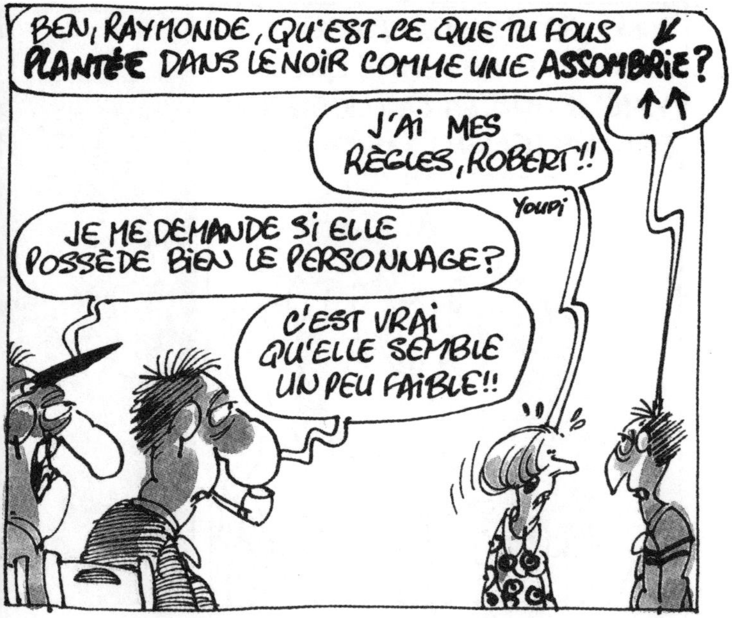

13

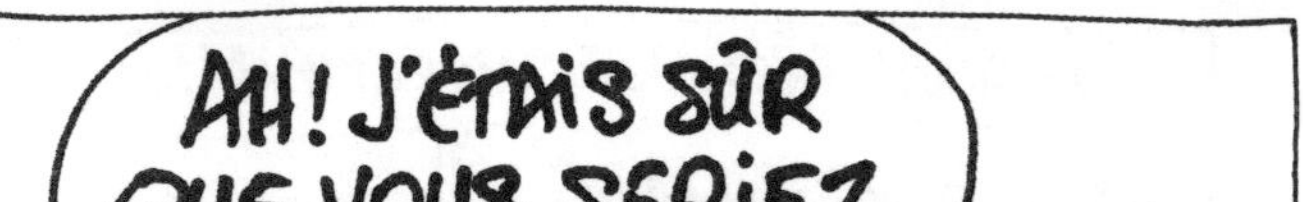

DONC, POUR LA REMPLACER, J'AI JUSTEMENT MA FEMME QUI EST COMÉDIENNE ET QUI JUSTEMENT EST JUSTEMENT DISPONIBLE...

LA DEUXIÈME MADAME BIDOCHON

SHLT

JE VOUS PRÉSENTE MA FEMME !!

J'AI L'IMPRESSION DE VOUS AVOIR DÉJÀ VUE QUELQUE PART ?

MA FEMME EST LA VEDETTE DE L'ÉMISSION " RIONS CHAQUE SOIR ENTRE 19H30 ET 20 HEURES" À LA TÉLÉ !!
OÙ SONT LES LOGES ?
QUELLES LOGES ?

EH BIEN, OUI, IL Y A BIEN UN ENDROIT POUR SE CHANGER, NON ?
AAAH, LES CABINETS ?

DEUXIÈME TENTATIVE
ALORS, COMME ÇA, VOUS VOULEZ MONTER MES BIDOCHON DANS VOTRE BEAU THÉÂTRE SUBVENTIONNÉ ?
OUI, JE VEUX MONTRER DIEU, LA VIE, LA MORT, PAR LE BIAIS DE LA SUBSTANTIALITÉ DANS UN CONTEXTE PHÉNOMÉNAL !
NOTRE PUBLIC AIME PENSER !
IL EST SUBVENTIONNÉ POUR ÇA, NOTRE PUBLIC !
JUSTEMENT ! EST-CE QUE VOUS NE CRAIGNEZ PAS LE DÉCALAGE ?
LA SCÈNE DU PET, PAR EXE
NOTRE PUBLIC CONNAIT MES CHOIX ET SAIT QU'IL PEUT ME FAIRE CONFIANCE !!
J'AI TOUT DE MÊME MONTÉ SCHNITZLER FUENTES ET PESSOA !

18

19

AVEC POLO ET SA MOUSTACHE, JE PLONGE LE PUBLIC DANS UN ABÎME DE PERPLEXITÉ DONT IL NE SE RELÈVERA PAS !!

JE LE FORCE A PENSER !

JE SUIS UN METTEUR EN SCÈNE QUI DÉRANGE !!

BON, ALLEZ, HOP, LES GARS, ON SE MET EN PLACE ET ON Y VA !!

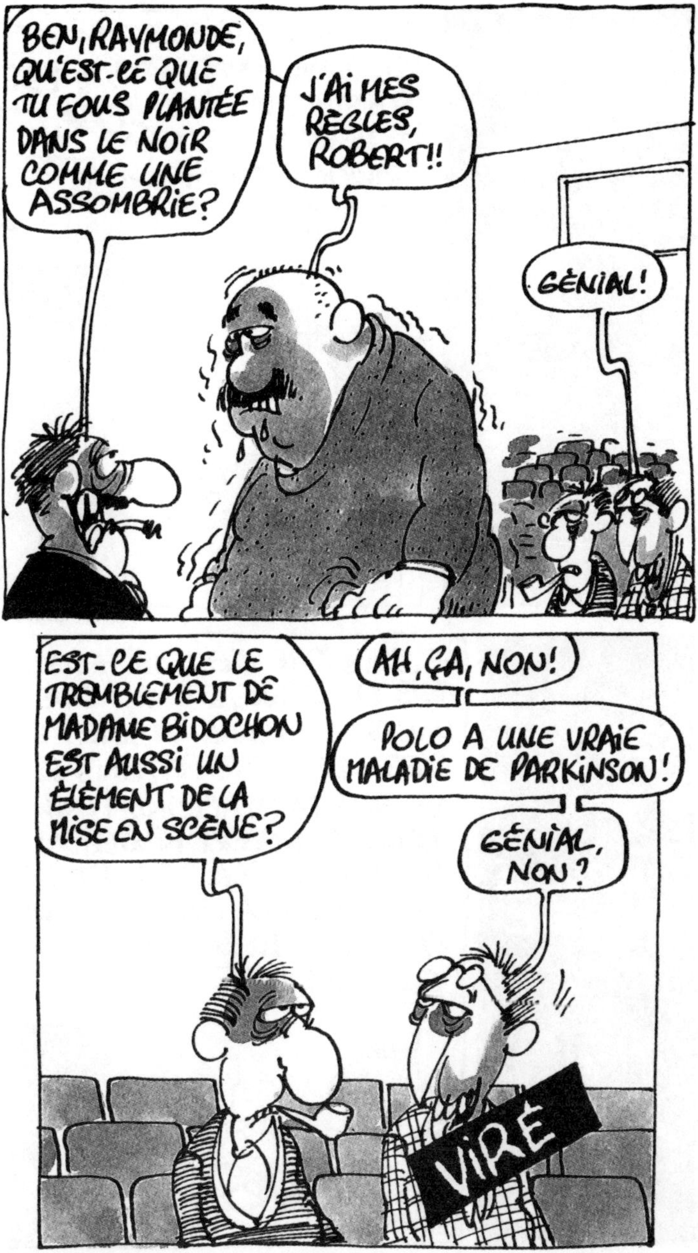

21

TROISIÈME TENTATIVE

QUATRIÈME TENTATIVE

22

ON VOIT BIEN QUE C'EST PAS LUI QUI LES PORTE LES MARIONNETTES!!

HUMPF HUMPF

VIRÉ

ÉCOUTE, VIEUX, UN AUTEUR DOIT SAVOIR, PARFOIS, METTRE SON ORGUEIL AU VESTIAIRE!!

VIRÉ

CETTE FOIS, JE CROIS QUE C'EST LA BONNE !!

VOUS ÊTES EXACTEMENT LES PERSONNAGES !

VRAIMENT ?

CINQUIÈME TENTATIVE

ET ÇA MARCHE ! ET LES COMÉDIENS SONT BONS, ET LA MISE EN SCÈNE EST BONNE, ET LES DÉCORS SONT BEAUX, ET LA MUSIQUE EST BELLE, ET LE PUBLIC RIT, ET JE RIS AVEC EUX, D'UN TEXTE QUE POURTANT JE CONNAIS PAR COEUR ! JE CROIS MÊME L'AVOIR ÉCRIT AUTREFOIS...

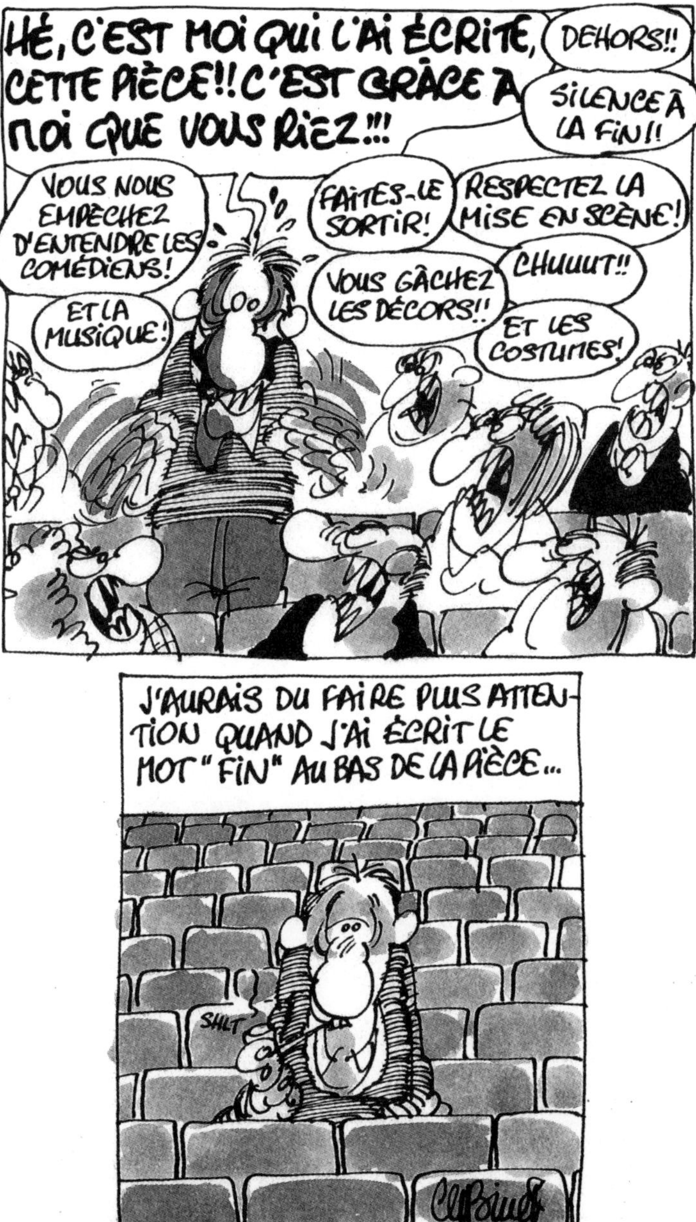

25

« Le couple est un système de deux forces éga-
les, parallèles et dirigées en sens contraire l'une
de l'autre. »

Théorème de physique

LES BIDOCHON

Pièce en un prologue et trois parties
de Christian Binet

Cinq personnages :
Robert : La quarantaine, quelconque.
Raymonde : Même âge, très simple.
René : Ami de Robert.
Gisèle : Amie de Raymonde.
Le docteur : Rôle joué par une femme.

Texte déposé à la S.A.C.D.

(Devant le rideau)

Raymonde Dix ans !
Dix ans depuis le jour où la photo fossile du mariage a pris sa place sur le bahut laqué de la salle à manger !
Dix ans à me lever la première pour préparer le petit déjeuner pendant que Monsieur fait semblant de dormir !

Robert Je fais pas semblant ! Nuance !

Raymonde Tu sais très bien que tu fais semblant !
Quand on secoue quelqu'un, qu'on lui hurle dans l'oreille que c'est l'heure de se lever et qu'il fait semblant de dormir, ça s'appelle faire semblant !

Raymonde Dix ans !

Dix ans pendant lesquels, à l'euphorie du premier jour, a succédé le cortège des bonnes intentions, qui se relâchent au fil du temps, comme des ventres !

Robert Tu peux parler, toi !

Raymonde Ah bon, et qu'est-ce que tu me reproches ?
On peut savoir ?

Robert Tes boules Quiès !

Raymonde Eh bien quoi, mes boules Quiès ?

Robert Tous les soirs, madame se fout des boules Quiès dans les oreilles !

Raymonde C'est pour pas t'entendre ronfler !

Robert Seulement, ces putains de boules, qui c'est qui les retrouve collées sous mes fesses le lendemain matin ? C'est moi !

Raymonde Et alors ? C'est propre des boules Quiès ! C'est que de la cire !

Robert Peut-être, mais quand elles ont déjà passé une partie de la nuit dans l'oreille de quelqu'un d'autre, c'est dégoûtant !

Raymonde Moins dégoûtant, en tout cas, que ceux qui ne se gênent pas pour péter au lit !

Robert Ne détourne pas la conversation, tu veux !
Péter c'est naturel, alors qu'on ne peut pas en dire autant de toi !

Le Créateur, il nous a pas fait deux oreilles pour y mettre des boules dedans !

Raymonde Le Créateur, il a pas mis l'homme et la femme dans le même lit pour que l'un empeste l'autre !
Oh, au début, tout nouveau tout beau, Monsieur faisait attention ! Monsieur se levait pour aller faire ça ailleurs ! Monsieur pensait à moi ! Tandis que dix ans après...

Robert Justement ! C'est parce que je pense à toi que je reste au lit pour péter ! Sinon, c'est vingt fois par nuit que je devrais me lever, et à chaque fois, je te réveillerais !

Raymonde N'empêche que quand on a un peu de respect pour les autres, on s'arrange pour aller dans la chiotte !

Robert Les chiottes !

Raymonde De quoi, « les chiottes » ?

Robert Eh bien, oui, tu as dit « la chiotte », alors que c'est « les chiottes » qu'il faut dire !

Raymonde Je vois pas pourquoi je dirais « les chiottes », puisqu'on n'en a qu'une, de chiotte !

Robert Peut-être, mais c'est comme ça !
« La chiotte » c'est pas français, c'est « les chiottes » qu'est français !

Raymonde Français ! Français !
(Elle se dirige vers les coulisses en haussant les épaules)
Du moment que tout le monde me comprend !
(Elle sort)

Robert *(Seul devant le rideau, il continue à s'adresser à Raymonde)* Très bien ! Persiste si tu veux ! N'empêche que quand tu seras dans le grand monde et que tu diras « la chiotte », eh bien, tu passeras pour une conne, voilà !
(S'adressant au public)

Raymonde, là où elle est posée, là elle reste !
Faites le tour, vous verrez, c'est bien une enclume !
Et passent et passent les années, comme si le temps n'avait pas de prise sur elle...
Pourtant, il y a dix ans, tout avait plutôt bien commencé...
(Il sort)

PREMIÈRE PARTIE

(Le rideau s'ouvre sur une scène représentant deux cafés en un seul. Au fond, un comptoir avec un téléphone. Sur le devant gauche, une table de café et deux chaises. Sur le côté avant droit, une autre table et deux chaises mais différentes de celles du côté gauche. A droite de la scène, une porte, sur laquelle on peut lire « Téléphone-toilettes ». Les acteurs entrent par le fond droit.
Au moment où le rideau s'ouvre, Raymonde et Gisèle sont à la table de droite. Raymonde est en vêtements noirs de deuil. Gisèle porte des vêtements pimpants. Elle tente de consoler Raymonde, qui renifle, l'air triste, en regardant son verre)

Gisèle Ecoute, ça fait des semaines que tu te morfonds ! Tu peux pas rester comme ça ! Il faut réagir !

Raymonde *(Larmoyante)* Je peux pas m'empêcher !

Gisèle Ta mère, on la ressuscitera pas !
Tu t'es dévouée pour elle pendant des années, bon... Eh bien, il faut penser à toi, maintenant, te marier, avoir des enfants... Qu'est-ce qu'ils t'ont dit à l'agence matrimoniale quand tu y as été ?

Raymonde « Rencontres et bonheur » ?

Gisèle Oui !

Raymonde La dame m'a posé des tas de questions, elle a tout mis sur un ordinateur, ensuite, elle a dit qu'elle allait envoyer ma fiche à quelqu'un qui a le même profil que moi et que je recevrais bientôt une lettre d'un monsieur.

Gisèle *(Qui attend la suite)* Et alors ?

Raymonde *(Fataliste)* Alors, rien !

Gisèle *(Un peu forcée)* Qu'est-ce que tu racontes !
D'abord, t'es pas si moche, et puis même, regarde ta mère, elle non plus c'était pas un prix de beauté, et pourtant, ça l'a pas empêchée de se marier ! Tu lui as bien tout dit, au moins, à la dame de l'agence ? Quel genre d'homme tu voulais, tout ça... ?

Raymonde Oui, je lui ai dit que j'en voulais un qui soit beau, jeune, riche et intelligent, et la dame elle a répondu que « parfait, parfait », qu'elle avait justement ce que je cherchais !

Gisèle *(Sans conviction)* Eh bien, tu vois !
(Elles se lèvent)
Y a qu'à juste patienter, c'est tout !
Ils connaissent leur boulot dans les agences ! Si ils t'ont dit que tu allais recevoir une lettre, c'est que ça va venir !
(Après avoir mis des pièces dans la soucoupe posée sur la table, elles se dirigent vers la porte du fond)
Tu devrais t'arranger autrement et changer de vêtements ! Les couleurs vives, c'est quand même plus gai pour se marier !
(Elles sortent)
(Elles croisent quasiment Robert et René qui entrent à leur tour dans le café. Ils se dirigent tous deux vers la table située à l'avant-scène gauche)

René *(Méfiant)* Quel genre, ta nouvelle ?

Robert Je vais me marier !

René *(Incrédule)* Toi ? Et avec qui ?

Robert Je sais pas encore ! J'ai été voir une agence matrimoniale !
(Il fouille dans ses poches et en retire une page de magazine et une lettre. Il lit la page du magazine) « Prendre un nouveau départ dans la vie pour bâtir un foyer heureux, oui, c'est possible, grâce à "Rencontres et bonheur" ! »
Ils ont mis mes goûts dans un ordinateur et ils ont trouvé quelqu'un qui ressemble à mon profil !

René *(Suffoqué)* Mais qu'est-ce qui te prend ? C'est pas les filles qui nous manquent !

Robert Des filles pour un soir, qui nous emmènent là où c'est le plus cher et qui vous pompent un smicard en moins de deux ! Le reste du temps, je lave mon linge, je fais le ménage, je reprise mes affaires, je me fais à bouffer...
Ça suffit, maintenant ! J'estime avoir assez vécu comme ça !
Je me range !

René *(Abasourdi)* Et tu la vois quand, cette merveille ?

Robert *(Montrant la lettre)* Bientôt ! Je lui ai écrit une lettre de rendez-vous. Tiens, écoute ça !
(Il lit la lettre) « Mademoiselle. Je souhaiterais aimer vous rencontrer à l'heure et à l'endroit que vous voudrez. Comme nous ne nous connaissons pas

encore, vous me reconnaîtrez facilement
à ce que j'aurai un arrosoir dans la main
gauche. Dites-moi ce que vous aurez
dans la main, mais pas un journal, car
de nos jours, tout le monde a un journal
dans la main ! »

René Pourquoi un arrosoir ?

Robert Je viens de te le dire ! Pour pas qu'on se
confonde avec un journal !
« Votre dévoué, etc. »
Maintenant, il n'y a plus qu'à la poster
et à attendre !
*(Il met quelques pièces dans la sou-
coupe et se lève, ainsi que René, puis se
dirigent vers la sortie)*
Fais pas cette tête-là, c'est toi le témoin
à mon mariage !

René *(Aigre)* Un mariage, ça ?
Un enterrement de première, oui !
(Ils sortent)

*(Instantanément entre Raymonde. Elle
porte une robe de couleurs vives et tient
un jambonneau à la main. Elle ne
semble pas à son aise et roule des yeux
autour d'elle. Elle finit par s'asseoir à
la table de gauche, et attend, nerveuse.
Robert fait son entrée à son tour. Il
tient un arrosoir et cherche du regard
quelqu'un à l'intérieur du café. Enfin,
il repère le jambonneau devant Raymonde et se dirige droit sur elle. Elle,
qui est face à la scène, ne le voit pas
arriver et sursaute quand Robert lui
tape sur l'épaule)*

Robert Bonjour, c'est moi, LE Robert Bidochon
de la lettre que je vous ai envoyée !

Raymonde *(Pas très emballée)* Bonjour, moi, c'est Raymonde Galopin !
(Ils s'assoient)
Faut m'excuser de pas vous avoir reconnu tout de suite, mais à l'agence matrimoniale, on m'avait dit « beau, jeune, riche et intelligent » !

Robert Ah bon ? Eh bien, moi, j'ai reconnu le jambonneau tout de suite ! Vous prenez quelque chose ?

Raymonde *(Ne faisant aucun effort pour être aimable)* Non, merci, je crois que rien ne pourra passer !

Robert *(De bonne humeur)* C'est comme pour moi ! Rien qu'à l'idée de vous rencontrer j'ai rien pu avaler, mais à présent que je vous vois, je sens que l'appétit revient !
Ça vous ennuie si je vous pique un bout de votre jambonneau ?

Raymonde *(Avec une moue de dédain)* Prenez tout si vous voulez !

(Robert s'empare du jambonneau qu'il commence à dévorer à pleines dents sous le regard dégoûté de Raymonde)

Robert Vous faites le tour de la question, en quelque sorte !

Raymonde *(Pincée)* En quelque sorte, oui !

Robert Vous cernez le problème, quoi !

Raymonde En quelque sorte, oui !

Robert *(Brandissant le jambonneau entamé)* Moi, j'ai un principe, c'est que c'est toujours la première impression qui est la bonne !

Raymonde *(Sèche)* C'est mon principe aussi !

Robert Eh bien, comme ça, ça nous fait au moins déjà un point commun ! Remar-

quez, c'est forcé puisqu'à l'agence ils mettent les profils ensemble !
(Grand silence. Raymonde n'a pas envie de parler et Robert se demande ce qu'il pourrait dire)
Alors comme ça, vous voulez vous marier ?

Raymonde Je vous ai dit que je n'étais pas fixée !

Robert Si vous voulez, on peut sortir ensemble, cet après-midi, puisqu'on est là ? Comme ça, on sera fixés tout de suite !

Raymonde Je vous remercie, malheureusement, mon après-midi est déjà occupé !

Robert *(Qui comprend les choses à demi-mot)* Ah ! Un autre rendez-vous, sans doute ?

Raymonde *(Qui regarde vers la porte d'entrée)* Seulement avec une amie qui doit venir me prendre d'un moment à l'autre pour aller faire des courses !

Robert Dommage !
Encore, moi qui avais demandé mon après-midi...

Raymonde *(Se retournant sans arrêt pour voir si Gisèle arrive)* Je suis désolée, mais pour moi, il ne s'agissait que d'un premier contact !

Robert Vous êtes d'accord pour qu'on ait d'autres contacts, alors ?

Raymonde Je ne sais pas ! Je ne veux pas me décider à la légère... Il faut que je réfléchisse !

Robert Et comment je le saurai quand vous aurez réfléchi ?

Raymonde J'ai votre adresse, je vous écrirai !

Robert *(Sortant un stylo de sa poche)* Je vais plutôt vous donner mon numéro de téléphone, ça gagnera du temps !
(Il déchire un morceau du papier du charcutier qui enveloppait le jambonneau et écrit dessus son numéro de téléphone)
C'est vrai, parce que c'est pas la peine que je poireaute pendant des semaines si c'est non !
(Il tend le papier à Raymonde)
Alors, nous sommes bien d'accord, dès que vous êtes fixée vous m'appelez ?

Raymonde Mais oui !

Robert *(Se levant)* Bon, eh bien, dans ce cas, je vais vous laisser !

Raymonde *(Qui a hâte d'en finir)* C'est ça ! Au revoir !

Robert *(Il se dirige vers la sortie, se retourne vers Raymonde, lui fait le geste de téléphoner avec la main)*
Et surtout, n'oubliez pas, hein ?
(Il sort au moment où Gisèle entre)

Gisèle *(Très excitée)* Alors ? Raconte ! C'était lui ? Il a demandé à te revoir ?

Raymonde *(Dégoûtée)* Oui, mais il peut toujours attendre !
(Déterminée) Je vais retourner à l'agence pour leur demander qu'ils m'en donnent un autre ! Un mieux !
Un qui soit beau, jeune, riche et intelligent, ET SURTOUT, qui mange proprement !

41

Gisèle (*Déboussolée par tant de véhémence*)
Là, là, comme tu y vas ! A ce rythme, tu vas tous nous les user !
Si tu crois que les agences peuvent fournir comme ça des hommes sur mesure !
Et puis, tu ne l'as vu qu'une fois, comment tu peux juger si vite ?
Si ça se trouve, c'est ton profil, et toi, tu vas le laisser filer !

Raymonde (*Butée, fait non de la tête*) Il mange trop salement !

Gisèle Il ne passe quand même pas ses journées à manger ! Ça te laissera encore de bons moments !
(*Raymonde reste silencieuse, elle hésite à se rendre aux raisons de son amie*)
Avant de dire non, moi, à ta place, je le reverrais encore une fois, histoire de me faire une idée.
(*Gisèle se dirige vers la porte du fond, tandis que la lumière se resserre sur Raymonde*)
Appelle-le, qu'est-ce que tu risques ?
(*Elle sort*)

(*Raymonde est seule en scène, elle tripote machinalement les pièces dans la soucoupe. La scène est dans le noir, seule Raymonde est éclairée. Elle prend l'une des pièces et fait « pile ou face »*)

Raymonde (*De l'air de quelqu'un qui se jette à l'eau*) Bon !
(*Elle va jusqu'à la porte marquée « Téléphone-toilettes », entre et compose le le numéro de téléphone donné par Robert. On entend une sonnerie, pendant laquelle le téléphone posé sur le comp-*

toir, au fond, s'éclaire progressivement.
Robert vient décrocher)

Robert Oui ?

Raymonde Robert Bidochon ?

Robert Lui-même !

Robert *(Voix tonitruante)* Formidable ! On va
fêter ça !
Je vous emmène bouffer quelque part !

(Noir)
(Musique nuptiale, pendant laquelle les
deux tables sont rapprochées pour n'en
faire qu'une seule. On dresse la table
pour le banquet.
En robe de mariée, Raymonde entre la
première, suivie de Gisèle et de René.
Raymonde semble très angoissée)

Raymonde Pourvu que j'aie pas fait de connerie...
Pourvu que j'aie pas fait de connerie...
Pourvu que j'aie pas fait de connerie...
(Raymonde se met à l'écart et reste à se
ronger les ongles et à marmonner. René

et Gisèle attendent l'arrivée de Robert.
Gisèle tient un paquet et René aussi.
Depuis son entrée, René tourne autour
de Gisèle comme s'il la reniflait)

René *(A Gisèle)* Alors, comme ça, c'est vous la
copine à Raymonde ?

Gisèle *(Agacée que René lui pose à nouveau la
même question)* C'est moi, oui !

René Vous êtes mariée ?

Gisèle *(Soupirant)* Non !

René Fiancée ?

Gisèle Non plus !

René *(Sans laisser à Gisèle le temps de répondre)* Quelqu'un en vue peut-être ?
Un petit ami ? Une connaissance ? Un
début de connaissance ? Un familier ?
Un parent ? Un cousin ? Un commer-
çant du quartier ? Un voisin de palier ?
Une relation de bureau ?

Gisèle *(Que les plaisanteries de René com-
mencent à amuser et qui commence à
se détendre)* Rien de tout ça, vous pouvez être rassuré !
(A Raymonde) Qu'est-ce qu'il fait, Robert ?

Raymonde *(La voix nouée par l'angoisse)* Il gare la
voiture !

René *(Facétieux)* Il en profite peut-être pour
acheter des allumettes ?

Raymonde *(Se remettant à marmonner)* Pourvu que j'aie pas fait de connerie...
Pourvu que j'aie pas fait de connerie...

Gisèle *(Mi-figue mi-raisin, à René)* Vous pouvez pas vous taire, non !
(Elle va jusqu'à Raymonde pour la consoler)
Te fais pas de bile, va, il fait ça pour te taquiner !
(Elle revient vers René)
Il en met du temps ! On peut même pas commencer à donner les cadeaux !

René *(Qui se rapproche de Gisèle avec des sous-entendus)* J'ai une télé stéréo PAL/SECAM, chez moi !

Gisèle Et alors ?

(Robert entre, essoufflé)

Robert Me voilà ! Impossible de trouver une place devant la porte ! Je suis garé à des kilomètres !

>   *(S'apercevant que tout le monde est planté debout)* Eh bien, pas encore à table ?

René On t'attendait pour savoir comment se mettre !

Robert *(Comme s'il ordonnait une table de soixante personnes)* Gisèle à côté de moi, toi à côté de Raymonde, comme ça, ça fait un homme, une femme, un homme, une femme...
(Il s'apprête à continuer, mais faute de convives, il doit s'arrêter là)

René *(Contrarié)* Et pourquoi pas toi et Raymonde à un bout et moi et Gisèle à l'autre bout ? Ça fait aussi un homme, une femme...

Robert *(Qui ne comprend pas où René veut en venir)* T'as déjà vu un banquet de mariage avec les mariés au bout de la table, toi ?
Dans un banquet, les mariés c'est toujours au milieu !

(René, à contrecœur, est bien forcé d'accepter cette évidence)

Gisèle *(Tendant un paquet à Raymonde)* Tiens ! Tous mes vœux de bonheur !

Raymonde Merci, tu es gentille !

René *(Tendant un paquet à Robert)* C'est pour tous les deux !

Raymonde *(Qui a ouvert son cadeau)* Oh, un plateau de fromages !

Gisèle On peut le changer si la couleur te plaît pas !

Robert *(Qui a ouvert le sien)* Raymonde, regarde ! Deux bols ! Avec nos noms dessus !

René *(Avec des clins d'œil)* Comme ça, pas de problème ! En cas de divorce, chacun reprend le sien !

(On rit, on s'embrasse)

Robert Et maintenant, assez plaisanté ! Passons à table !

(Tout le monde s'assoit)

Gisèle Hum, des langoustines !

(On se sert et chacun mange. Pendant un temps, on n'entend rien d'autre que les mandibules. Comme à son habitude, Robert mange salement. La sauce lui dégouline le long des mains, et il agite dangereusement sa langoustine lorsqu'il parle)

(Tout le monde rit)

Gisèle Mais non ! C'est pas pour elle, c'est pour emmener les restes à son chat !

Robert *(Postillonnant)* Seulement, là, y aura pas de restes, croyez-moi !

Gisèle C'est demain que vous partez chez la mère de Robert ?

Raymonde Oui, on va y passer quelques jours ! Elle est trop âgée pour se déplacer, maintenant !

Robert *(Avec des gestes larges)* Soixante-dix-huit ans le mois prochain !

Elle va être contente de nous voir, surtout que je suis son seul fils unique, alors, vous pensez si elle m'adore !

Et quand je dis adorer, c'est vraiment ce qui s'appelle adorer !

Ça, on peut vraiment dire qu'elle m'adore !

C'est bien simple, c'est moi son fils préféré !

Raymonde Tu viens de dire que tu étais fils unique ?

Robert Eh bien, justement, ça prouve que je raconte pas des conneries !

(Bruyamment, il se lèche les doigts un à un)

C'est bien joli, les langoustines, mais on s'en fout plein les doigts !

Raymonde T'as un rince-doigts exprès pour ça, juste à côté de Gisèle !

Robert *(Tapant avec ses doigts sales sur l'épaule de Gisèle)* Excusez-moi, Gisèle, vous pouvez me passer le rince-doigts, s'il te plaît ?

Gisèle *(Se levant, hors d'elle)* Mais il est dégueulasse ce mec ! Un tailleur tout neuf !

Robert *(Qui trouve qu'il n'y a pas de quoi en faire un drame)* Excusez-moi, je l'ai pas fait exprès !

Gisèle On voit bien que c'est pas vous qui allez payer le nettoyage !

Raymonde Viens jusqu'aux toilettes, peut-être que ça va partir avec de l'eau !

(Elles disparaissent par la porte marquée « Téléphone-toilettes »)

Robert *(A René)* Je te jure, je l'ai vraiment pas fait exprès !

René Laisse, va ! ça va s'arranger, je connais un tas d'histoires drôles !

(Raymonde et Gisèle reviennent. Gisèle fait la tête)

Gisèle Eh bien, c'est resté !
C'est un tailleur foutu !

(Gisèle et Raymonde se rassoient. Gisèle tourne le dos à Robert. Elle boude)

Robert Mais puisque je l'ai pas fait exprès !

René *(Se levant d'un air décidé)* Allez, hop, je vous en raconte une ! Alors, c'est l'histoire de deux fous qui regardent une télé stéréo PAL/SECAM...

Robert *(Coupant brusquement la parole à René)* Attends, attends, j'ai une meilleure idée !
On va mettre la jarretière de Raymonde aux enchères !

Raymonde *(Qui se demande si elle a bien entendu)* Hein ?

Robert *(Surexcité)* Mais si, c'est une vieille coutume ! Les invités montent les enchères un franc par un franc et on remonte petit à petit ta robe. Le premier arrivé à la jarretière a gagné ! Ça va mettre une de ces ambiances !

Gisèle *(Glaciale)* Pas avec moi, en tout cas ! J'ai déjà assez de frais avec mon nettoyage !

Robert *(Mauvais)* Eh bien, on se passera de vous !
(Montrant René) René est là, lui !

René *(Contrarié par la tournure des événements)* Moi ?

Raymonde De toute façon, j'ai dit non !

Robert Mais qu'est-ce que tu en as à foutre de montrer tes cuisses, puisqu'on montera pas plus haut que la jarretière ?

Et puis, on est entre nous !

(Il montre l'ensemble de la table où, pour des motifs divers, chacun fait la tête)

Au moins pour l'ambiance...

Raymonde *(Après un temps de réflexion)* Bon, d'accord ! Mais pas plus haut que la jarretière, alors !

Robert *(Avec le sourire du vainqueur)* A la bonne heure !

Monte sur la chaise, on va bien se marrer !

(Raymonde monte sur sa chaise, sans enthousiasme)

(Utilisant sa fourchette comme le marteau d'un commissaire-priseur) Alors, qui commence ?

(Silence)

(Encourageant) Alors, René ?

Robert *(Tapant sur la table avec sa fourchette)* Et un franc à René, un ! Et on remonte la robe ! Vas-y, Raymonde !

(Raymonde s'exécute de mauvaise grâce, ne remontant qu'à peine le bas de sa robe)

Ensuite ? Qui monte les enchères ?
(Silence)
Gisèle ?

Gisèle *(Sans même le regarder)* Je vous ai dit
de ne pas compter sur moi !

Robert Alors, René ?
(René garde le nez dans son assiette)
Alors quoi, René, un bon mouvement !

René *(Avec une mine contrariée)* Bon, un
autre franc... Mais après, j'arrête, hein,
parce que c'est pas toujours aux mêmes
de donner !

Robert Enfin quoi, on va pas en rester à deux
balles !
Allez, un petit effort !
Tiens, pour cent balles, on monte directement aux cuisses !

Raymonde *(Outrée)* Cent balles pour mes cuisses ?
Mais c'est de l'escroquerie !
(Soulevant sa robe jusqu'à la ceinture)
Ça vaut au moins trois mille balles des
jambes comme ça !

René *(Se débattant)* Alors là, non, je peux
pas !

Raymonde *(S'exhibant devant René)* Dites tout de
suite que ça les vaut pas, espèce de
mufle !

René *(Vexé)* Mufle, moi ?
(Il se lève, indigné) Très bien ! Si c'est
comme ça, je m'en vais dehors tant
qu'on ne m'aura pas fait des excuses !

Gisèle *(A Robert)* Ah, bravo, elle est belle votre
idée !

Robert *(Pointant un doigt menaçant en direction de Gisèle)* Vous, je ne vous adresse plus ma parole !

Gisèle Ah, ne m'approchez pas avec vos sales mains dégoûtantes !

Raymonde René, excusez-moi, je retire ce que j'ai dit, ça m'a échappé, excusez-moi !

René Non, non ! Ici, ça ne compte pas, c'est dehors les excuses !
(Il sort)

Robert René, merde, tu vas pas me laisser tomber !

Gisèle *(A Raymonde qui a l'air contrariée)* T'en fais pas, va. J'y connais rien en télévision stéréo PAL/SECAM mais j'ai peut-être le moyen d'arranger ça !

Robert Partez pas tous, bon sang...
(Personne ne lui répond. Découragé, il se laisse tomber sur sa chaise en se tenant le ventre d'un air douloureux. Raymonde s'assoit à son tour à son côté. Pendant un moment, ils ne disent rien. Robert se tient toujours le ventre, Raymonde tripote machinalement ses couverts, absorbée par des pensées qui font naître progressivement sur son visage un sourire coupable)

JE SAIS PAS SI C'EST LA CONTRARIÉTÉ, MAIS D'UN SEUL COUP, J'AI UNE BARRE SUR L'ESTOMAC!!

Raymonde *(L'air gênée)* Robert, j'ai quelque chose à t'avouer...

Robert *(Concentré sur sa douleur)* ... une vraie barre...
(Il passe ses deux mains sur son ventre)

Raymonde *(Se rapprochant de Robert)* C'est ce soir qu'on va coucher ensemble pour la première fois...

Robert *(Douloureux)* Mais je l'sais ! Pourquoi tu me dis ça maintenant ?

Raymonde *(Avec embarras)* Robert, je suis toujours vierge !

Robert *(Accaparé par ses propres problèmes)* Oui, oui, bon... *(Parlant à lui-même)* Si ça se trouve, c'est les langoustines ! Je les ai trouvées bonnes, mais un peu grasses.

55

Raymonde Ce soir, je serai pour toi aussi fraîche qu'une pâtisserie du jour même !

Robert *(Implorant)* Ah, s'il te plaît, me parle plus de bouffe...

(Il continue à se lamenter sur son sort, pendant que Raymonde, un petit sourire égrillard aux lèvres, marmonne dans son coin des mots auxquels Robert ne prête attention que progressivement, au fur et à mesure que Raymonde, emportée par son lyrisme, hausse le ton)

Raymonde Oh oui, oh oui, vas-y, vas-y, mets-la-moi toute, oh oui, oh oui...

Robert *(Interloqué, il en oublie un instant sa douleur)* Qu'est-ce que tu fous ?

Raymonde *(Fièrement)* Ben, je répète !

Robert *(Ahuri)* Tu quoi ?

Raymonde Je répète !
(Voyant que Robert n'a pas l'air de comprendre) J'ai lu ça dans un bouquin ! Quand la femme fait l'amour, elle dit toujours un tas de trucs comme ça ! Tu comprends, je voulais pas arriver le soir de mes noces comme une oie blanche ! Je voulais que tu aies devant toi une femme expérimentée des choses de la vie !
(Avec vigueur) VIERGE, D'ACCORD, MAIS EXPÉRIMENTÉE !

Robert *(Que la voix forte de Raymonde ramène à ses douleurs de ventre)* Bon, bon !

Raymonde *(Se pelotonnant dans les bras de Robert)* Quand j'étais petite, je voulais être princesse Raymonde ! Je me disais qu'un jour un prince, beau, jeune, riche et intelligent, viendrait sur son cheval blanc pour m'enlever, se marier avec moi, vivre heureux et avoir beaucoup d'enfants...

Et puis, c'est toi qui es venu...

Raymonde Au début, je t'avais imaginé autrement, peut-être plus séduisant...

Et puis, j'ai fini par me dire qu'après tout moi aussi je n'étais pas un prix de beauté, et que c'était pas ça qui devait nous empêcher de connaître l'amour avec un grand L apostrophe, NOTRE amour...

Robert *(Se dégageant brusquement de l'étreinte de Raymonde pour se diriger rapidement vers la porte marquée « Toilettes-téléphone »)* Excuse-moi, Raymonde, mais là, il faut que j'y aille, je peux plus tenir...

Mais vas-y, continue, continue, je t'écoute !

(Il entre dans les toilettes)

Je laisse la porte entrouverte !

(Off) Oui ? Alors, ce grand amour ?
(Raymonde, désemparée, ne répond rien)
Raymonde ?
Raymonde ?

(Noir)

*(Les Bidochon emménagent. Off, on entend des bruits sourds et des phrases comme « Doucement, oui, ça passe... »
Gisèle entre la première, un carton marqué « vaisselle-cuisine » dans les mains.
Elle reste plantée un moment au milieu de la pièce, indécise, regardant vers la porte d'entrée si Raymonde arrive.
Raymonde entre à son tour, elle porte la table basse de la télé)*

Gisèle *(Entrant dans la cuisine)* Tu veux que je mette la vaisselle dans les placards ?

Raymonde Si tu veux, ça avancera !

(On entend Gisèle dans la cuisine, Robert et René dans l'escalier, pendant que Raymonde place la petite table)

Gisèle *(Off)* J'arrive pas à comprendre ce qui vous a poussés à venir habiter dans cette cité !

Raymonde C'est Robert !
Robert connaît quelqu'un de très haut placé au service logement de la mairie !
Robert dit que c'est très pratique pour aller à son travail !
Robert dit qu'on a la voie ferrée juste devant et l'autoroute derrière !

René *(Entre, portant la télévision)* Chaud devant, attention, c'est lourd ! La table en dessous, vite !
(Raymonde aide René. La télé est installée)
(Tapotant le poste) Elle est pas stéréo PAL/SECAM celle-là !

Raymonde Robert dit que ça ne sert à rien parce que Robert dit que les programmes sont nuls !

René *(Touché dans son amour-propre de possesseur de télé stéréo PAL/SECAM)* Justement ! C'est mieux quand on peut les voir en stéréo !

Robert *(Entrant avec le canevas)* Attention, j'arrive !
(Il va jusqu'au mur pour l'accrocher)

59

René Tu veux un coup de main ?

Robert Non, non, laisse, je vais me débrouiller tout seul !
Raymonde !

Raymonde *(Accourant)* Voilà ! Voilà !

Robert Tiens, prends l'autre bout ! C'est ton canevas après tout !
(Ils accrochent le canevas. Gisèle sort de la cuisine. Tout le monde se recule pour juger de l'effet du canevas sur le mur)
Bon, allons-y pour le dernier voyage ! Y a plus que le canapé à monter. Tu viens, René ?
(Il sort)

René J'arrive !

Raymonde *(A René)* C'est possible de monter le petit carton marqué « Produits d'entretien » ? Ça m'évitera de redescendre !

René Aucun problème ! On le mettra sur le canapé et on montera tout en même temps !
(Il sort)

Gisèle T'as pas peur de t'ennuyer, ici ?

Raymonde Je sais pas, c'est la première fois que j'y habite !

Gisèle C'est fou le nombre de dépressions dans ces cités !
Te laisse pas enfermer là-dedans !
Tiens, tu devrais venir à nos réunions, ça te ferait du bien !

Raymonde Vos réunions ?
(On entend un grand bruit de casse dans l'escalier)

René *(Off)* Eh bien, c'est gagné !

Robert *(Off)* Je t'ai dit pousse et toi tu tires !

René *(Off)* Hé, ho, doucement, tu ne m'as pas dit si c'était vers toi ou vers moi que je devais pousser !

Gisèle *(Depuis la porte d'entrée)* Vous voulez un coup de main ?

Robert *(Off)* Non, non, pas la peine, on va se débrouiller tout seuls ! Raymonde !

Raymonde *(Filant vers la porte)* Voilà, voilà !

Robert *(Off)* Amène-nous un autre carton, tu veux, il faut qu'on transvase !

Raymonde *(Allant à la cuisine et passant devant Gisèle)* Tu m'as dit que c'est quoi vos réunions ?

Gisèle *(S'apprêtant à se lancer dans une grande tirade)* Eh bien, c'est une réunion pour...
(Elle est interrompue par Robert)

Robert Raymonde !

Raymonde *(Ressortant de la cuisine, elle traverse la pièce en direction de la porte d'entrée)*
Voilà, voilà !
(Elle disparaît par la porte d'entrée, laissant plantée Gisèle qui termine toute seule sa phrase)

Gisèle ... une réunion pour l'émancipation de la femme !

Robert *(Off)* Mais non, plus grand, le carton !
(Raymonde revient précipitamment et retraverse la scène pour retourner à la cuisine)

Raymonde *(Passant devant Gisèle)* Tu m'excuses !

Gisèle *(Sans conviction)* Mais oui...

Robert *(Off, parlant à René)* J'aurais un balai pour m'aider qu'elle serait pareille !
(En direction de Raymonde)
Alors, merde, ça vient, ce carton ?

Raymonde *(Retraversant la scène)* Voilà, voilà !
(Elle sort)

Robert *(Off)* T'en as mis un temps !

René *(Off)* Quelque chose coule !

Raymonde *(Off)* Mon huile !

René *(Off)* La bouteille s'est cassée quand tout est tombé !

Robert *(Off)* Alors, ça, comme casse-gueule dans les escaliers, bravo !

Raymonde *(Off)* Je vais chercher une serpillière !
(Elle entre précipitamment)
(Tout en passant devant Gisèle) Oui, tu me disais ? Une réunion ?
(Elle disparaît dans la cuisine)

Gisèle *(Sans conviction)* C'est une réunion pour faire entendre la voix des femmes

face à la domination des hommes et à la servilité dans laquelle ils cherchent à nous confiner !
(Raymonde sort de la cuisine, une serpillière à la main, et veut se diriger vers la porte d'entrée. Gisèle la retient)
Tu viendras ?

Raymonde *(Piétinant sur place, prête à reprendre sa course)* Je sais pas...
Il faut que je demande à Robert !

Gisèle Mais pourquoi tu dois tout lui demander ! Est-ce qu'il te demande la permission, lui, quand il fait quelque chose ?

Raymonde Non, mais lui, c'est différent, c'est un homme !

Robert *(Off)* De Dieu, ça dégouline partout ! Serpillière !

Raymonde Voilà, voilà !

Gisèle *(La retenant toujours)* Mais pourquoi tu accours dès qu'il te siffle !

Raymonde *(Paniquée)* Hein ?

Raymonde *(Mal à l'aise)* Tu crois ?

Robert *(Off. Commençant à s'impatienter)* Serpillière !
(Raymonde se ronge les ongles, sursautant à chaque cri de Robert, le regard tourné vers la porte d'entrée comme si Robert allait en surgir. Gisèle savoure la montée en puissance de la colère de Robert)
SERPILLIÈRE !

Gisèle Quand il en aura marre, il s'arrêtera de lui-même !

Robert *(Au paroxysme de la fureur)* SERPIIIL-LIÈÈÈREUUUU !

(Silence. Raymonde et Gisèle sont aux aguets)

Gisèle *(Triomphante)* Ah ? Qu'est-ce que je te disais !

Robert *(Off. Voix câline)* Serpilliiiièèèère...

Raymonde *(Filant comme hypnotisée vers la porte d'entrée et répondant à Robert sur le même ton)* Voiiiilààààà...
(Elle sort)

Robert *(Off)* Ah, tout de même !
Ça fait une heure que je demande une serpillière !
Tu peux pas répondre quand on t'appelle !
Bon, on te laisse opérer, avec René on finit le canapé !

(Robert et René entrent, portant le canapé. Gisèle retourne ranger la vaisselle)

René *(Aidant Robert à mettre le canapé sous le canevas)* Ça fait pas trop loin du centre comme appart ?

Robert Tu devineras jamais le temps que je mets pour aller d'ici au boulot !
(Faisant le malin) Dis un chiffre pour voir !

René Je sais pas...
Une demi-heure ?

Robert *(Qui jubile)* Nan, nan !

René Un quart d'heure ?

Robert *(Secouant la tête)* Nt, nt !

René Dix minutes ?
Cinq minutes ?
(A chaque fois, Robert fait non de la tête)

Robert *(Sourire victorieux)* Cinquante-sept minutes !
Tu mets combien, toi, pour aller au boulot ?

René Une heure, pourquoi ?
(Robert ne répond pas tellement la démonstration est évidente)

Robert C'est ce qui nous a séduits avec Raymonde !

Gisèle *(Sortant de la cuisine)* Ça y est ! Toute la vaisselle est rangée !
(Raymonde revient de la cage d'escalier avec sa serpillière)
(A Raymonde) J'ai fait à mon idée !

Robert *(A part)* Eh bien, ça doit être chouette à la cuisine !

Raymonde Vous restez grignoter avec nous ?

Gisèle Tu es gentille, mais on va pas s'imposer un jour pareil ! Tu as pas mal de choses à faire !

Raymonde Remarque, je sais même pas si dans tout ce fouillis j'ai quelque chose à manger !
(René et Gisèle se dirigent vers la sortie)

Gisèle *(Embrassant Raymonde)* Allez, au revoir, et pense à ce que je t'ai dit !

Raymonde Au revoir, René, et merci pour le coup de main !

René *(A la cantonade)* Un coup de main pour quelque chose, c'est toujours mieux qu'un coup de pied quelque part !
(Rires. Ils sortent)

(Robert cherche son journal dans un carton. Raymonde vient se placer derrière lui, l'air embarrassée, ne sachant comment aborder Robert)

Raymonde *(Toussotant)* Hum, hum !
(Robert se retourne et cherche à deviner ce qu'elle a)
(Embarrassée) Tu vas sans doute te fâcher en te mettant en colère pour être furieux d'être exaspéré par un agacement énervant...

Robert *(L'interrompant brusquement mais sans gueuler)* Si tu as quelque chose à me dire, dis-le franchement, au lieu de tourner autour du pot !

Raymonde Est-ce que je peux aller à une réunion libérer des femmes ?

Robert *(Soulagé)* Ah, c'est que ça !

Raymonde Alors, tu veux bien ?

Robert Ben oui ! Pourquoi je voudrais pas ?

Raymonde Je croyais que ça te mettrait en colère !

Robert *(Faux cul)* Mais non ! Tu as parfaitement le droit d'avoir des distractions comme tout le monde !

Vas-y quand tu veux !
(Raymonde part à la cuisine, agréablement surprise par la réaction de Robert. Robert la regarde s'éloigner. Raymonde sort, Robert se plonge dans la lecture de son journal)

(Noir)

FIN DE LA PREMIÈRE PARTIE

(L'appartement des Bidochon. Une table de salle à manger, deux chaises, un canapé, une table basse sur laquelle est posée une lampe de chevet. A droite, une porte qui donne sur le palier.
A gauche, une porte qui donne dans la cuisine.
Au lever du rideau, la pièce est vide. La porte qui donne sur la cuisine est entrouverte. On entend des bruits de clés dans la serrure de la porte d'entrée)

Robert *(Off, derrière la porte d'entrée)* Attention, j'arrive ! C'est moi, je vais entrer. J'ouvre !
(La porte s'ouvre) J'entre !
(Il entre, et reste interloqué en constatant que la pièce est vide) Alors, y a personne pour m'accueillir !
(Outré) Toute la journée, je travaille pour gagner le pain de tout le monde avec ma propre sueur, mais tout le monde s'en fout !

Raymonde *(Off, derrière la porte de la cuisine)* C'est toi, Robert ?

Robert *(De mauvaise humeur)* Bien sûr que c'est moi ! Qui veux-tu que ça soit ?

Raymonde *(Off)* C'est toi, Robert ?

Robert *(Excédé)* Mais oui, c'est moi, Robert ! Elle est sourdingue ou quoi ?

Raymonde *(Off)* C'est toi, Robert ?

Robert *(Furieux, il se dirige à grands pas vers la porte de la cuisine)* Alors, ça, j'aime pas qu'on se foute de ma gueule !
Alors quoi, bordel de merde, ça va durer longtemps tes conneries ?

(Au moment où il atteint la porte de la cuisine, celle-ci s'ouvre et Raymonde apparaît, tenant le bol marqué « Robert », dans le fond duquel elle fait tenir une bougie allumée)

Raymonde *(Sortant de la cuisine en chantant)* « Joyeux anniversaire... »

Robert *(Attendri)* Oh, elle y a pensé !

Raymonde *(Contente de son effet)* Un an de mariage, ça compte !

Robert Ooh, et moi qui ai failli t'engueuler !
(Il l'embrasse sur le front)

Raymonde René et Gisèle passent nous prendre dans un quart d'heure pour aller au restaurant. On va se faire un dîner en tête à tête !

Robert Tous les quatre ?

Raymonde Oui ! René veut profiter de l'occasion pour demander solennellement à Gisèle de l'épouser mais chut ! C'est un secret, il veut nous faire la surprise au dessert !

Robert *(A part)* Eh bien, c'est réussi !

Raymonde *(Elle lui flanque le bol avec la bougie dans les mains, puis file vers la cuisine)* Mais avant qu'ils arrivent, j'ai quelque chose pour toi, tiens attends-moi là.

Robert *(Constatant que c'est son nom qui est sur le bol)* Mais c'est mon bol !
(Il décolle la bougie et entreprend de gratter le fond du bol avec l'ongle)
(Contrarié) Merde, mon bol ! Quand même... Elle aussi elle a le sien si elle veut coller des bougies !

(Raymonde ressort de la cuisine, portant un cercle plat de plus d'un mètre de diamètre, soigneusement enveloppé dans du papier cadeau)

Raymonde *(Rayonnante)* Tiens, c'est ton cadeau d'anniversaire !

Robert *(Qui vient soudain de se rappeler quelque chose)* Ah oui, au fait, moi aussi j'ai quelque chose pour toi !
(Il plante là Raymonde et va chercher

un paquet derrière le canapé. Il revient
vers Raymonde. Il jubile)
Tiens, c'est pour toi !

Raymonde *(Tenant toujours son propre paquet)* Tu n'ouvres pas mon cadeau ?

Robert *(Qui trépigne)* Non, non, ouvre d'abord le mien, je brûle d'impatience !

Raymonde *(Posant son volumineux paquet et s'exécutant de bonne grâce)* Bon !

Robert *(A Raymonde qui commence à défaire le papier du cadeau de Robert)* Je te dis pas ce que c'est, c'est la surprise !
(Un temps)
Tout ce que je peux te dire, c'est que la première lettre est un M et la dernière un R.
(Un temps)
Et avant le R, il y a un E !
(Un temps)
Et après le M, un I !
Ça te fait M-I, une lettre, E-R !

Raymonde C'est pas MIXER ?

Robert *(Jouant les coquettes)* Ah, j'te l'dis pas !

Raymonde *(Sortant le contenu du paquet)* Oh, un mixer !

Robert C'est ce qui se fait de mieux ! C'est que je lésine pas, moi, quand je fais un cadeau à ma femme !
D'ailleurs, je t'ai laissé l'étiquette du prix !
(Très animé) Ça fait robot-Marie et centrifugeuse !
Avec ça, tu fais des purées, des mayon-

naises, des soupes, des pâtes et des jus de fruits en un rien de temps !

Toi qui avais jamais le temps de faire tout ça, maintenant tu auras le temps de tout faire !

(Grand prince) Alors, heureuse ? Il te plaît ?

Raymonde Oui ! Et toi, tu n'ouvres pas le tien ?

Robert *(Qui n'est pas encore tout à fait redescendu sur terre)* Hein ? *(Apercevant son cadeau)* Ah oui ! Qu'est-ce que c'est ?

Raymonde Ouvre, tu verras bien !

Robert Une plaque d'égout ?

Raymonde Non, non !

(Il a fini de déballer. C'est une grande cible)

Robert *(Interloqué)* Qu'est-ce que... ?

Raymonde *(Sûre de son effet)* C'est une cible !

Robert *(Troublé)* Une cible ?
Mais... heu, ça va me servir à quoi ?

Raymonde Eh bien, tu te souviens, le mois dernier, pour ta fête, je t'ai offert des fléchettes, et tu m'as engueulée parce que j'avais oublié la cible...

Robert Oooh, engueulée...

Raymonde ... Eh bien, maintenant, tu as les fléchettes ET la cible !

Robert *(Indulgent)* Mais, ma poule, c'est pas une cible à fléchettes, ça, c'est une cible à arc !

Raymonde *(Naïve)* Et ça va pas pour les petites fléchettes, les grosses cibles à arc ?

Robert *(Dont l'irritation commence à poindre)* Mais non ! Une cible à arc c'est pour l'arc et une cible à fléchettes c'est pour les fléchettes ! Même un môme saurait ça !
Il t'a rien dit, le vendeur ?

Raymonde *(Déconcertée)* Je sais pas, je lui ai rien demandé...

Robert *(Qui se met à crier)* Mais on se renseigne avant d'acheter !
Moi, ton mixer, je m'en suis fait faire une démonstration ! Empotée !

Raymonde *(Partant en pleurnichant s'enfermer dans la cuisine)* Mais j'ai cru bien faire, moi, et tu vois, tu m'engueules encore !
(Elle sort)

Robert Et voilà ! Y a jamais moyen de discuter ! *(En direction de la porte)* Bon, excuse-moi, je retire ce que j'ai dit, ça m'a dépassé ! On va quand même pas se disputer un jour pareil !
Allez, viens plutôt nous faire un jus avec ta nouvelle centrifugeuse, ça va te distraire !

Raymonde *(Voix off de mauvaise humeur)* Je sais pas comment ça marche !

Robert Amène-moi des oranges, je vais te montrer ! Je sais, moi, le vendeur m'a fait une démonstration !
C'est simple comme tout ! Tu mets les oranges en entier, ça tourne et ça te balance les pépins sur le côté !
Remarque, je te dis des oranges, mais tu peux faire ça tout aussi bien avec des raisins ou des fraises...

Raymonde *(Qui arrive derrière lui, l'air maussade, tenant un chou-fleur dans une main)* J'ai que du chou-fleur !

Robert *(Interdit)* Que ça ?

Raymonde Oui !

Robert Bon, ben faudra bien faire avec !
(Il coupe le chou en morceaux et les met dans le mixer)
Alors, regarde bien ! Tu vois, hop, je fais pas de détail !
Et maintenant, je compte jusqu'à deux !
(Il appuie sur le bouton. Le moteur tourne)
Un, deux ! Et voilà !
(Robert regarde dans le récipient et constate que le chou est toujours en morceaux)

Et alors, si tu veux que ton jus soit encore plus juteux, tu mixes deux secondes de plus !
(Il recommence l'opération, mais en insistant un peu plus. Il regarde à nouveau, a l'air étonné, recommence l'opération en insistant un long moment. Il ouvre à nouveau. Son visage s'éclaire)
Ah ! Et voilà, ton jus est fait ! C'est pas plus compliqué !
(Il prend un verre dans le service à porto et verse dedans le liquide opaque du mixer)

Raymonde *(Pas convaincue)* Et les pépins ? Je vois pas les pépins !

Robert Hé, c'est du chou-fleur !
(Il lui tend le verre) Tiens !

Raymonde C'est pour quoi faire ?

Robert C'est pour toi ! C'est ton jus ! La centrifugeuse, tout ça, tous ces trésors sont à toi !

(Raymonde a pris le verre qu'elle contemple avec dégoût)

Robert Je te comprends pas ! Il y a deux minutes, tu disais qu'il te plaisait ?

Raymonde Parce qu'il y a deux minutes, je pensais que j'allais avoir autre chose avec !

Robert *(Suffoqué)* Autre chose !
Non mais, t'as lu l'étiquette !

Raymonde Je veux dire autre chose d'humain, qui vienne de toi ! Pas de l'engueulade et du jus de chou !
Si pour une fois, aujourd'hui, tu avais eu pour moi un petit geste affectueux, je me sentirais un peu plus ta femme et j'oublierais que cet anniversaire de mariage, c'est aussi celui de n'être toujours pas enceinte !

Robert Tu ne vas pas remettre ça !

Raymonde La plupart des femmes sont mères quelques mois après s'être mariées !

Robert Me dis pas ça comme si c'était moi le responsable !
J'ai fait mon boulot, moi, je t'ai arrosée !

Raymonde *(Suffoquée)* Arrosée !

Robert Je t'ai pas arrosée, peut-être ?

Raymonde *(Blessante)* Si peu... Et si vite !

(On sonne à la porte. Robert va ouvrir)

Robert *(A Raymonde)* Il suffit d'une fois !
(Enervé, il ouvre violemment la porte. Ce sont René et Gisèle. Devant le visage

peu aimable de Robert, leurs sourires se figent)
Ah, c'est vous !

René *(Inquiet)* On arrive trop tôt ?

(L'atmosphère est glaciale. Robert reste près de la porte qu'il a refermée derrière René et Gisèle, Raymonde dans le coin opposé contemple le fond de son verre sans rien dire. Gisèle la regarde, cherchant à lire sur son visage les raisons de la tension ambiante. René essaie de détendre la situation. Il va droit sur Raymonde)

René Dites donc, on boit de bons coups, par ici !
C'est quoi ?

Raymonde *(Lugubre)* Du jus de chou !

René *(Qui ne s'y attendait pas)* Ah ?

(Le silence à nouveau, plus lourd qu'avant)

Gisèle Je sais pas ce qu'il y a entre vous, mais vous êtes pas très gais pour un anniversaire de mariage !

René Si je peux faire quelque chose !

Raymonde *(Glaciale)* Y a que Robert qui peut faire quelque chose !

Robert *(Tranchant)* C'est déjà fait !

Gisèle *(A Robert, menaçante)* Qu'est-ce que vous lui avez fait encore ?

Raymonde Mais rien, justement, il ne m'a rien fait !

Robert *(Hors de lui)* Mais si !

Gisèle *(Qui se dresse devant Robert)* Qu'est-ce que vous lui avez fait, hein ? Qu'est-ce que vous lui avez fait ?

Robert *(Excédé)* Je l'ai arrosée, voilà !

René et Gisèle *(Suffoqués)* Arrosée ?

René Avec quoi ?

Raymonde *(Mauvaise)* Avec un crachouillis !

Robert, René et Gisèle *(Robert indigné, René et Gisèle ahuris)* Un crachouillis ?

Robert *(Qui reprend le dessus)* Et même ! Parce qu'avec ton crachouillis, comme tu dis, t'as mille fois plus de chances d'être enceinte !

Gisèle *(Qui a du mal à comprendre)* Mais de quoi vous parlez ?

Robert *(S'adressant à René comme s'il était de connivence)* Tiens, dis-y, toi !

René *(Qui ne comprend pas)* De quoi ?

Robert Dis-y ce qui se passe avec nos éjaculations !

René *(Qui comprend de moins en moins)* Nos... éjaculations ?

Robert *(Agacé par René)* Eh bien oui, t'en as déjà entendu parler, non ?

René Heu... oui...

Robert *(Dont le ton monte encore d'un cran)* Alors, c'est quoi qui s'échappe de nos éjaculations quand il y a éjaculation ?
(René ne voit pas, Robert l'aide)
C'est des mi...
Des mi...

René *(Timidement)* Des microbes ?

Robert *(Qui se fâche)* DES MILLIARDS !
(Puis, plus calme, à Raymonde et à Gisèle) Des milliards de spermatozoïdes !
(Puis, comme un argument imparable) Voilà ce qui s'échappe de nos éjaculations !

Raymonde et Gisèle *(Agacées)* Mais on l'sait !

Robert *(Qui a encore un argument en réserve à leur assener)* Et qui s'échappent pour aller où ?
(A René qui sursaute) Dis-leur, toi !

René … ?

Robert Dans l'o… ?

René *(Effaré)* Dans l'eau ?

Robert *(Hurlant)* Dans l'OVULE, imbécile !

**Raymonde
et Gisèle** *(Criant)* Mais on l'sait !

Robert *(Faisant le malin)* Des milliards ! Vous imaginez le bouchon un soir de rentrée sur l'autoroute ! Plus rien ne pourrait passer ! Tandis qu'avec nos crachouillis *(il met René dans le coup)* c'est au bas mot… deux… trois mille à tout casser qui déboulent vers l'ovule. Et alors *(inspiré)* ça grimpe, ça grimpe…
Apu bouchon ! Pati bouchon !
(Il s'arrête, satisfait de l'effet qu'il vient de produire)

Gisèle *(Se dirigeant vers la porte d'entrée)* Bon ! Vaut mieux aller manger que de continuer à entendre des bêtises pareilles !

Robert En tout cas, y a une chose que vous pouvez pas contester !

Gisèle *(Mauvaise)* Et c'est quoi ?

Gisèle *(Ahurie)* Et alors ?

Robert Alors, un Bidochon ne défaille jamais !
(Se montrant) La preuve !

Gisèle Qu'est-ce que vous en savez ? Vous êtes
peut-être une exception ?

Robert *(Méprisant)* Non, madame ! Chez les
Bidochon, y a jamais eu personne d'ex-
ceptionnel !

Raymonde *(Allant à la charge)* Alors, si ça vient pas
de toi, je me demande de qui, vu que
chez nous ça a toujours marché, et à
cause d'une bonne raison ! *(Elle empoi-
gne ses hanches avec vigueur)* Ça ! La
croupe charolaise ! Dans ma famille,
toutes les filles ont la croupe charolaise !
Large, spacieuse, confortable...

Robert *(Railleur)* Eau chaude, gaz à tous les
étages, ambiance, cotillons, soirées dan-
santes...

Raymonde *(Qui poursuit, imperturbable)* On a des
ventres faits pour mitonner des fœtus
roses et joufflus comme des Jésus !
C'EST ÇA, avoir la croupe charolaise !

Robert Et pourquoi tu bouffes pas de l'herbe pendant que tu y es ?

Raymonde Ricane tant que tu veux. Seulement, je sais que ça vient pas de moi !

Gisèle Y a un bon moyen pour le savoir, y a qu'à passer des examens ! Comme ça, on verra tout de suite c'est qui des deux !

Robert Mais c'est tout vu ! Je l'ai arrosée, moi ! Arrosée !
(A René qui sursaute à nouveau) Dis-y, toi !

René *(Avec zèle)* Ah oui, c'est vrai !

Gisèle *(Tranchante)* De quoi je me mêle ? Il t'a fait un enfant, à toi ?

René *(Embarrassé)* Non, mais...
(Il tente de se justifier) Avec Robert, on se connaît depuis si longtemps...

Gisèle Merci de me prévenir !

(Silence. René sent que la soirée prend mauvaise tournure. Il tente de redresser le tir)

René Bon ! Si on allait plutôt parler de tout ça au restaurant autour d'une bonne bouteille ?

Raymonde *(Lugubre)* J'en ai plus envie, allez-y sans moi !

Gisèle *(Décidée, défiant Robert)* Si elle reste, je reste !
(Et elle s'assoit)

Robert *(Défiant Gisèle)* Dans ce cas, moi aussi je reste !
(Et il s'assoit)

René *(Découragé)* Bon... ben alors, moi aussi...
(Il s'assoit)

Raymonde Non, non, allez-y sans moi ! Je ne veux pas gâcher votre soirée, je resterai toute seule comme une bête, ça ne fait rien...

Gisèle *(Irritée par l'attitude de Robert qui n'a même pas un regard pour sa femme)* Dites quelque chose ! C'est votre femme !

Robert *(Sans regarder sa femme)* Raymonde, faut que tu viennes ! On peut pas faire un anniversaire de mariage si il manque la moitié du mariage !
(Puis il se tait)

Gisèle *(Outrée)* C'est tout ?
Alors c'est tout ce que vous trouvez à lui dire un jour pareil ?
Ça vous coûterait, hein, d'avoir un seul petit geste affectueux !

Robert Moi, madame, mes gestes affectueux, je les fais pas devant tout le monde !

Gisèle *(Prenant Robert au mot)* Oh, mais si ça n'est que ça, on va vous laisser tout seul avec elle, pas de problème !
(Elle se dirige vers la porte)

René *(A Robert, sur le ton de la confidence)* On vous attend en bas. *(Gêné)* Si tu peux faire court avec ton geste affectueux... En principe, ce soir... enfin je peux rien te dire pour le moment mais en tout cas, si ça marche, ce sera le plus beau jour de ma vie.

Gisèle *(Ne laissant pas René poursuivre)* Alors, tu viens, ou il faut que vous soyez deux pour ça aussi ?

René *(S'empressant de la rejoindre)* Non, non, j'arrive...

(Ils sortent. Robert et Raymonde sont seuls. Robert garde son attitude de tout à l'heure. Il attend que Raymonde fasse le premier pas. Mais Raymonde ne bouge pas. Aussi, au bout d'un moment, Robert finit par comprendre que s'il ne fait rien, la situation risque de s'éterniser. Par progression, il se rapproche de Raymonde, jusqu'à être contre elle sur le canapé. Avec un sourire imbécile, il commence à la peloter)

Raymonde *(Qui se pousse plus loin)* Ah, je t'en prie !

Robert Ben quoi, c'est seulement un geste affectueux ! C'est pour m'excuser !
Bon, d'accord, je reconnais que je me suis laissé emporter. D'accord, en plus, c'était un jour comme aujourd'hui ! Mais la journée n'est pas encore finie ! Donne-moi une deuxième chance, et tu vas voir comme je vais me rattraper !
(Enjôleur) Alors, tu me la donnes ?

Raymonde *(Haussant les épaules, elle se laisse convaincre)* Mais oui !

Robert Alors, j'accepte, mais à une condition ! C'est que tu viennes avec nous au restaurant !
D'accord ?

Raymonde Bon, d'accord !

Robert *(Recommençant à la serrer de près)* Et si, avec mon geste affectueux, j'en profitais pour te faire une petite gâterie ?

Raymonde *(Eberluée)* Maintenant ?

Robert *(Un peu excédé)* Eh bien oui, maintenant ! Pas dans huit jours !

Raymonde Et René et Gisèle qui nous attendent ?

Robert *(Qui sent qu'il va gagner et qui devient de plus en plus pressant)* Eh bien, qu'ils attendent !

Raymonde Et puis... j'en ai pas très envie !

Robert *(Qui se redresse)* Pourquoi ? J'en ai bien envie, moi !

Raymonde *(Agacée)* Je sais pas, moi... Question d'ambiance !

Robert *(Déboutonnant son pantalon)* Oh, ben attends, je vais t'en faire, de l'ambiance, moi !

Raymonde J'aime pas quand tu es comme ça ! On dirait que tu as bu !

Robert *(Qui insiste lourdement)* Allez, quoi !

Raymonde *(Tentant de le repousser)* Je t'ai dit que j'avais pas envie !

Robert *(Commençant à se fâcher)* Enfin quoi, c'est tout de même pas un crime qu'un mari ait envie de faire une gâterie à sa femme le jour de ses un an de mariage !

Raymonde *(Qui veut tenter une dernière explication)* Mais...

(Voyant qu'elle n'arrivera à rien, elle capitule) Oh, et puis fais comme tu veux !

(Tout en se mettant en position sur le canapé, elle récite sans conviction) Oh oui, oh oui, oh oui... mets-la-moi toute...

Robert *(Arrêtant Raymonde d'un geste)* Aaattends ! Aaattends ! T'emballe pas, il y a un changement.

Raymonde Un changement ?

Robert *(Grave)* Je dois d'abord mettre mon préservatif !

Raymonde *(Eberluée)* Qu'est-ce que c'est que cette nouvelle fantaisie ?

Robert C'est pas une fantaisie ! Ils l'ont dit ce midi encore à la télé : il faut mettre un préservatif si on veut pas attraper leur Sida !

Raymonde *(Incrédule)* Mais pas nous !

Robert *(Avec un sourire de mépris)* Parce que tu sais mieux que la télé, peut-être ?

Raymonde Mais on a toujours fait ça sans rien, et on n'a jamais rien attrapé !

Robert *(S'emportant)* Parce que, jusqu'à présent, c'est toujours les mêmes qui l'avaient, mais maintenant tout le monde peut l'avoir !

Raymonde *(Abasourdie)* Mais pas nous !

Robert *(S'énervant)* Mais tu m'énerves à la fin avec ton « pas nous » ! Pourquoi tout le monde l'aurait et puis pas nous !
Alors, tu m'attends deux secondes tranquillement, j'en ai pour deux minutes !
(Il sort)

(Raymonde reste seule. Elle s'est relevée du canapé et attend le retour de Robert, assise, l'air maussade.
La porte s'ouvre à nouveau et Robert rentre dans la pièce.
Comme si le bruit de la porte déclenchait chez elle un réflexe, Raymonde s'allonge à nouveau sur le canapé)

Raymonde *(Sans conviction)* Oh oui, oh oui, oh oui... mets-la-moi toute...

Robert *(L'arrêtant à nouveau)* Aaattends ! Aaattends ! Je l'ai pas encore mis !
(Très grave) Y a un truc dans la notice, que, soi-disant, pour pouvoir mettre le préservatif, que, comme ça, mon membre il doit être en érection !

Raymonde *(Incrédule)* Et alors ? Qu'est-ce que je peux y faire ?

Robert Eh bien, justement, il faut que tu m'aides !
Que tu m'excites, quoi !

Raymonde *(Horrifiée)* Moi ?

Robert *(Se fâchant)* Eh bien oui, toi ! A qui tu veux que je demande ça, ici ?
(De dos, Robert déboutonne légèrement son pantalon. Raymonde détourne la tête et se cache les yeux)
Eh bien ? Vas-y !

*(A contrecœur, Raymonde s'exécute,
avançant à tâtons la main qu'elle a de
libre vers la braguette de Robert, qui
contemple la situation, une main sur
les hanches, l'autre retenant son pantalon)*
*(Pendant que Raymonde le tripote du
bout extrême de ses doigts, par à-coups)*
Ah ?... Ah ?... Ah ?...
*(Courant brusquement à la salle de
bains et hurlant à Raymonde)* Lâche
tout, je reviens !
(Il sort)
*(Raymonde, restée seule, s'essuie la
main sur sa robe d'un air dégoûté. Puis
regarde sa montre.
A nouveau la porte, et Raymonde se
remet en position)*

Raymonde Oh oui, oh oui, oh oui... mets-la-moi
toute...

Robert Tu peux t'arrêter, j'arrive pas à l'enfi-
ler !
*(Raymonde se lève du canapé et rajuste
sa robe)*
C'est pas la peine de s'acharner, laisse
tomber pour ce soir !

Raymonde *(Maussade)* Eh bien ! Ça a été encore
plus rapide que les autres fois !

Robert C'est l'idée qui compte ! Ce que j'ai fait,
c'était pour me racheter !

Raymonde Eh bien, c'est réussi !

Robert D'autant que je suis peut-être pas responsable !

Raymonde Qu'est-ce que tu veux dire ?

Robert Oh, mais je sais, je sais, je ne te reproche rien !
Seulement, tu aurais poussé ne serait-ce que deux ou trois gémissements, ça m'aurait encouragé !

Raymonde *(Mettant son manteau)* Désolée, mais tu ne m'en as pas vraiment laissé le temps ! Une femme, ça a besoin d'être chauffée !

Robert *(Prenant son manteau)* Fallait prendre de l'avance pendant que j'étais à la salle de bains, au lieu d'attendre sans rien faire !

Raymonde *(Haussant les épaules)* Faut descendre maintenant. René et Gisèle doivent se demander ce qu'on fait !

(Elle se dirige vers la porte, suivie de Robert. Elle sort)

Robert *(Il reste un moment sur le pas de la porte, une main sur l'interrupteur, se marmonnant à lui-même)* Pas laissé le temps !

Et la sagesse populaire, comment elle appelle une gâterie, la sagesse populaire ?

Elle appelle ça « tirer un coup » !

Ça veut dire « pan » et non pas « paaaaaannnnnnnn » pendant des heures !

Ah, je suis gâté, tiens !

(Il éteint)

(Noir)

FIN DE LA DEUXIÈME PARTIE

(L'appartement des Bidochon. Il est plongé dans la pénombre. Raymonde est assise près de la table, en tablier. Elle est prostrée. A côté d'elle, sur la table, est posé un bol d'où émerge le manche d'une cuillère.
On entend des clés dans la serrure de la porte d'entrée, et le jeu de Robert est le même que celui au début de la deuxième partie)

Robert *(Off, derrière la porte)* Attention, j'arrive !
C'est moi, je vais entrer !
J'ouvre !
(La porte s'ouvre)
J'entre !
(Il entre et reste interdit, sur le pas de la porte, par la pièce plongée dans l'obscurité)
(Inquiet) Raymonde ?
(Raymonde ne répond pas. Robert allume la lumière)
Ben... Qu'est-ce que tu fous plantée dans le noir comme une assombrie ?

Raymonde *(Au bord des larmes)* Ça a raté, Robert !

Robert *(Prenant le bol pour le sentir et faisant une grimace)* Eh bien, c'est pas grave, ça se recommence, une mayonnaise !

Raymonde J'ai mes règles, Robert !

Robert *(Reposant le bol sur la table)* Ah, c'est pour ça !

Raymonde On l'aura jamais, notre enfant !

Robert Mais si, mais si ! *(Apaisant)* Et puis, ne recommence pas à te rendre malade pour ça ! Pour une fois, Gisèle a raison, tu peux pas savoir à l'avance tant que tu ne t'es pas fait faire des examens !

Raymonde C'est fait, Robert ! Je ne voulais pas encore te le dire, mais je me suis fait faire tous les examens, et ils sont tous bons !

Robert *(Un peu désemparé)* Ah !

Raymonde Pourquoi tu ne vas pas te faire examiner, toi aussi ? Si ça se trouve, c'est rien !

Robert Alors, si c'est rien, c'est même pas la peine d'y aller !
De toute façon, maintenant qu'on sait que c'est ni toi ni moi, y a qu'à patienter, ça arrivera bien un jour !

Raymonde Mais j'en ai marre, moi, d'attendre !
Toutes ces journées qui passent, toutes pareilles d'un bout de l'année à l'autre...

Robert *(Evident)* Parce que les jours qui passent sont les mêmes d'un bout de l'année à l'autre ! Le matin le soleil se lève, et le soir il se couche ! Tu peux rien faire à ça !

Raymonde *(Allant vers Robert)* Mais on peut les changer, ces journées ! Il suffit seulement de le vouloir !
Robert, éblouis-moi, surprends-moi, étonne-moi !

(Il prend une cigarette dans le paquet et la montre à Raymonde en la tenant au bout de ses doigts)
Tiens, tu la vois, cette cigarette ?

Raymonde *(Pleine d'espoir)* Oui !

Robert Tu la vois bien ? *(Raymonde fait oui de la tête)* Eh bien, hop, je la bouffe !
(Il enfourne la cigarette dans sa bouche et commence à mastiquer avec difficulté, sous le regard de Raymonde qui

attend la suite, ne comprenant pas bien où Robert veut en venir. Robert s'en rend compte et comprend que ses efforts ne servent à rien. La sonnette de la porte d'entrée retentit. Crachant les morceaux de la cigarette en allant ouvrir)
Et merde !
(Raymonde, déçue, se replie à nouveau sur elle-même. Robert ouvre la porte d'entrée sans ménagement. C'est René, la mine défaite)
Ah, c'est toi ! Je croyais que c'était encore un emmerdeur !

René *(Effondré)* Gisèle m'a quitté !
(Il entre et va s'asseoir directement sur le canapé)

Robert *(Fermant la porte d'entrée)* Eh bien, il ne manquait plus que ça !

Raymonde *(Pleurnichant)* Eh bien, mon pauvre René, ça a pas l'air d'aller fort, on dirait !

Robert *(Sans délicatesse)* Il est cocu !

René Non, non, pas cocu ! Elle m'a quitté, c'est tout !
(Sortant une lettre froissée de sa poche)
Elle m'a laissé une lettre sur la télé stéréo PAL/SECAM !
(La tendant à Robert) Tiens, lis-la, toi, moi je sais plus où j'en suis !

Robert *(Dépliant la lettre qu'il lit avec difficulté)* « Mon chérini » ?

René *(La voix étranglée par les sanglots)* « Mon cher René... »
Cette lettre, je l'ai lue tant de fois que je la connais par cœur !

Robert « Par... di... mi » ?

René *(Enchaînant sans s'arrêter, pendant que Robert le suit en ânonnant)*
« Pardonne-moi de te faire de la peine, mais j'ai bien réfléchi et plus je réfléchis plus je pense qu'il faut encore réfléchir ! »

Robert Va pas si vite, j'arrive pas à te suivre !

René « Le hasard fait parfois si mal les choses que je ne veux pas le laisser décider à ma place ! Je veux choisir l'homme de ma vie avec un maximum de certitudes ! A bientôt, peut-être. Affectueusement. Gisèle. »
(René a l'air très abattu. Raymonde aussi qui vient d'écouter toute la scène. Robert a décidé d'évacuer le problème René par des moyens expéditifs)

Robert Allez, je te sers un remontant, ça va te remonter !
(Il se dirige vers le placard et sort une bouteille de whisky et un verre)

Raymonde *(Sur le canapé, à côté de René, et le regardant avec sollicitude)* Je dis pas ça pour vous, mon pauvre René, mais je trouve que Gisèle a bien eu raison de vous quitter ! On devrait toutes partir avant de se marier, comme ça ça éviterait qu'on soit toutes malheureuses !
Tenez, dans le quartier, Mme Lefort a fait exactement comme pour vous avec Gisèle. Sauf que M. Lefort était pas cocu, lui, il était alcoolique ! Il battait sa femme, alors elle l'a quitté ! Alors, il a bu encore plus et il a fini par égorger ses trois enfants !

Robert *(Désapprobateur)* Raymonde !

Raymonde *(Poursuivant)* Quand les gendarmes sont arrivés, il s'est barricadé dans sa maison et il s'est tiré une balle dans la tête !

Robert *(Outré)* Raymonde !

Raymonde Ben quoi, c'est la vérité !

Robert Mais bon sang, quel manque de tact tu fais ! Voilà un type qui est déjà une vraie loque, un déchet humain, et toi, tout ce que tu trouves à lui raconter pour lui remonter le moral, c'est de lui raconter des drames !

Raymonde Au moins, ça lui prouve qu'il est pas tout seul dans son malheur !

Raymonde Et qu'est-ce qu'on lui dit, si t'es si malin ?

Robert *(Hurlant)* Mais on lui dit...
(S'apercevant que René les écoute) Attention, il nous écoute !
(Plus bas, à Raymonde) Tiens, regarde-moi comment que je fais !
(Il part à l'extrémité de la pièce en frappant des pieds, puis revient en direction de René comme s'il s'agissait d'une rencontre de hasard)
Ce vieux René, ça alors, c'est une surprise !
Allez, allez, faut pas te laisser aller !
Tiens, bois ça, ça va te remonter !

René *(Prenant le verre que lui tend Robert)* Gisèle...

Robert *(Lui coupant la parole et le forçant à boire)* C'est terminé, Gisèle ! Finie, rayée ! Il faut penser au printemps, aux oiseaux et aux papillons, maintenant !

René *(Hébété)* Papillons ?

Robert Oui, c'est ça ! Répète après moi ! PAPILLONS !

René Papillons ?

Robert Très bien !
(Il verse un autre verre à René, qui boit)
Parfait ! Maintenant, t'arrête pas ! Papillons, papillons...

(René s'applique à répéter le mot et ne s'arrête que pour boire les verres que Robert lui sert les uns après les autres)

René Papillons, papillons, papillons...

Robert *(Lui tendant un autre verre)* Allez, encore un coup !

(René boit, puis reprend la répétition du mot « papillons », progressivement avec la conscience appliquée des ivrognes)

René Papillons, papillons, papillons...
(Un autre verre)
Pipillon, pipillon, pipillon...

Robert Allez, encore un autre !

René Pipaillon, pipaillon, pipaillon...
(Un autre verre)
Paponyen, paponyen, paponyen...

Robert *(Satisfait)* Il est mûr !
(A René qui répète toujours son mot)
Eh bien, maintenant, tu vas rentrer bien sagement te coucher, hein, René ?
(Il l'aide à se lever du fauteuil et l'accompagne jusqu'à la porte. René sort. Robert le regarde un moment s'éloigner)

René *(Voix off qui s'éloigne)* Paponyen, paponyen...

Robert *(Fermant la porte, et pour lui-même, avec une pointe de méchanceté)* Et bonjour à Gisèle !
Et voilà le travail ! T'as vu comment je l'ai expédié !
(Fier) Moi je sais parler aux cocus !

Raymonde Dans le fond, je le plains...

Robert Tu vas pas tout me gâcher en prenant son parti !

Raymonde Entre malheureux y a des choses qu'on ressent !

Le malheur des autres malheureux ça rend plus malheureux les malheureux !

Robert *(Soupçonneux)* Oh, tu nous couves quelque chose, toi ! Tu veux pas que j'appelle le docteur ?

Raymonde *(S'empêtrant dans son raisonnement)* Les malheureux voient le malheur des autres malheureux qui sont malheureux du malheur des malheureux, malheureux du malheur d'autres malheureux !

Robert *(Allant vers le téléphone)* Allez, hop, j'appelle le docteur !

Raymonde *(Poursuivant)* Et ainsi de suite !

Parce que c'est quoi, au fond, ma vie ?

Une pourriture malodorante !

Robert *(Au téléphone)* Allô, docteur ? Faut venir tout de suite pour une urgence !

Non, pas pour moi...

C'est pour ma femme, c'est elle qui est malade !

Oui... bon... bien... Entendu !

Merci, docteur !

Le docteur arrive !

Robert *(Contemplant Raymonde comme si elle avait une maladie contagieuse)* C'est pour l'histoire de tout à l'heure que tu es comme ça, hein ? C'est pour tes règles ?
(Raymonde hausse les épaules)
C'est pour quoi, alors ?

Raymonde *(Agacée)* Mais rien ! Tout va bien !

Robert Tu parles que tout va bien ! Il suffit de te regarder pour voir que tout va bien, tiens !
C'est tes règles, hein ?

Raymonde Mais fous-moi la paix !

Robert Enfin, bon sang, tu me reproches tout le temps de ne pas être attentif et quand je m'intéresse à toi, tu ne veux rien me dire !
T'as qu'à me le dire et après je te laisserai en paix ! C'est pas plus compliqué que ça !

Raymonde *(A bout)* J'en ai marre, voilà !

Robert Eh bien, tu vois !
Ça valait pas le coup d'en faire un plat !
T'en as marre, bon, O.K., tu as parfaitement le droit d'en avoir marre !
Y a pas de honte à en avoir marre !
Je respecte ton avoir marre ! Je ne m'incruste pas !
Tout le monde peut en avoir marre !
Des tas de gens en ont marre !
C'est humain d'en avoir marre !
(Il fait signe qu'il sait être discret quand il le faut)
(Silence)
Et pourquoi tu en as marre ?

Raymonde *(Excédée)* Parce que ma vie n'est qu'un tas de détritus en décomposition !

(La sonnette de la porte retentit)

Robert *(Allant ouvrir)* Voilà le docteur ! *(A lui-même)* Ça va pas être du luxe ! *(Ouvrant la porte, presque jovial)* Entrez, entrez, docteur ! Elle est là, elle vous attend !

Raymonde *(Marmonnant, les yeux dans le vague)* Un tas de boue où grouille la vermine !

Le docteur *(A Raymonde)* Qu'est-ce qu'il vous arrive ?

Raymonde *(Qui ne semble pas remarquer la présence du docteur)* Une vie vide, sans amour à donner ni à recevoir...

Le docteur *(Déballant son matériel)* Vous pouvez relever votre manche, s'il vous plaît ? *(Raymonde ne bouge pas. A Robert)* Vous pouvez lui relever sa manche ?

Raymonde *(Pendant que Robert lui relève sa manche)* Avoir un môme à nous, dans cette maison ! Un môme qui court, qui baragouine, qui vous prend par le cou, qui vous embrasse...

Robert *(Enchaînant comme un air déjà connu)* ... qui chie dans son froc, qui braille la nuit, qui scarlatine, qui oreillonne...

Raymonde Oui, un vrai môme, avec tout ça dedans !

Le docteur *(Rangeant ses affaires et allant jusqu'à la table pour faire l'ordonnance)* Bon,

rien de très grave ! Sans doute un peu de surmenage !
(Il s'assoit à la table)

Raymonde Non, rien de grave ! Une mère de plus ou de moins, quelle importance après tout !

Le docteur *(Tout en écrivant)* Est-ce que vous vous êtes fait faire des examens ?

Raymonde Moi, oui ! Et ils sont tous bons !

Robert En tout cas, ça vient pas de moi !

Raymonde Comment tu peux le savoir, puisque tu ne veux pas te faire examiner !

Robert Quand on n'a rien à se reprocher, on n'a rien à se faire examiner !

Raymonde Tu as peur de la vérité, voilà pourquoi !

Robert *(Excédé)* Ah, Raymonde, me pousse pas à bout ou sinon, c'est tout de suite que j'y vais, me faire examiner !

Raymonde Oh, mais t'auras pas besoin d'aller très loin ! Le docteur est déjà là !

Robert ELLE ?

Le docteur Je ne dispose pas des moyens nécessaires pour un examen approfondi, mais je peux effectuer un examen externe, si vous le souhaitez !

Robert *(Qui se débat, montrant Raymonde)* Mais c'est elle qui est malade !

Raymonde *(Haussant le ton)* Mais qu'est-ce que tu attends pour le baisser, ton pantalon, qu'on soit enfin fixés une bonne fois pour toutes !

Robert Baisser mon pantalon ?
(Montrant le docteur) Devant elle ?
(Montrant la salle) Devant...
(Personne ne vient à son secours)
Très bien, très bien, puisque tout le monde est contre moi !
(Il baisse son pantalon)

Le docteur *(Tout en examinant Robert)* Madame Bidochon, durant vos rapports, vous livrez-vous à des attouchements sur les parties génitales de votre mari ?

Raymonde *(Indignée)* Ah, non, quelle horreur !
On fait ça dans le noir et avec les yeux fermés, comme tout le monde !

Le docteur *(A Robert)* Très bien, vous pouvez vous rhabiller !

Robert *(Remontant son pantalon)* Na ! Et maintenant, j'espère que tout le monde est bien avancé !

Le docteur *(Ecrivant à nouveau)* Je vais vous faire un mot pour une série d'examens approfondis !

Robert *(Incrédule)* Mais... ça va servir à quoi, puisque c'est elle qui est malade ?

Le docteur Monsieur Bidochon, je pense que c'est vous qui êtes la cause de la stérilité de votre couple, et non pas votre femme !

Robert De quoi ? Qu'est-ce que c'est que ces conneries ?

Le docteur Je pense que les examens confirmeront que vos testicules sont cryptorchides !

Robert *(Suffoqué)* Quoi ?

Le docteur Cryptorchides !
Au moment de la puberté, si les testicules ne descendent pas dans les bourses, on dit qu'elles sont cryptorchides !

Robert *(Qui n'y croit pas)* Pas descendus, mes testicules ?

Raymonde Mais y a un moyen d'arranger ça, n'est-ce pas, docteur ?

Le docteur Oui, mais à condition d'intervenir avant la puberté !

Raymonde Ah...

Robert Mais tu vas pas te mettre à croire toutes ces conneries ?

(Le docteur a fini d'écrire. Il tend deux ordonnances à Raymonde)

Le docteur Tenez, celle-ci est pour vous et celle-là pour votre mari.
(Puis il va vers la porte) Eh bien, au revoir !
(Il sort)
(Robert lui claque la porte sur les talons)

Robert Mais qu'est-ce qu'il y connaît à tout ça, ce toubib de merde !
(A Raymonde) Comment qu'elle a dit qu'elles étaient, mes testicules ?

Raymonde *(Fatiguée)* Je sais plus...

Robert *(Qui saute sur place)* Cryptor... Cryptor...
(Triomphant) CRYPTORCHIDES ! C'est ça ! Soi-disant elles seraient pas tombées dans mes bourses !
(Il se force à rire) Pas tombées ! C'est la meilleure de l'année !
Et d'abord, qu'est-ce qu'elle y connaît aux Bidochon ? C'est la première fois qu'elle en voit un !
On va aller en trouver un autre ! Un mieux ! Un qui connaisse son métier !

Raymonde *(Lasse)* A quoi bon ? Tu l'as entendue comme moi, il aurait fallu intervenir avant ta puberté !
C'est trop tard !

Robert On va quand même pas se laisser saper le moral par cette petite spécialiste de quartier !

J'ai fait mon boulot, moi !

Raymonde Mais toi ou moi, quelle importance...

(Criant soudain) Et arrête de sauter, c'est pas ça qui les fera descendre !

(Le coup de gueule de Raymonde stoppe net Robert, qui, désemparé par cet écart inhabituel à son encontre, reste planté au milieu de la pièce, interdit)

(Doucement) C'est râpé, Robert !

Robert *(Groggy)* Râpé ?

(Raymonde fixe le sol. Robert agite les bras sans raison et cherche autour de la pièce quelque chose à quoi il pourrait se raccrocher. Il a l'air perdu)

Raymonde Cet enfant, j'ai vécu avec pendant un an !

Je l'ai vu courir dans cet appartement, manger à table avec nous, je l'ai cajolé...

Certains matins, il se glissait dans notre lit et nous jouions à cache-cache sous les draps !

La semaine, il faisait les courses avec moi, et le dimanche, tu l'emmenais chercher le pain. Il en revenait toujours une friandise à la main. Je me fâchais pour la forme, à cause des caries, mais je savais que le dimanche suivant, tu te laisserais à nouveau fléchir...

Pendant un an j'ai compté par trois...

Est-ce que je sais encore le faire par deux ?

(A nouveau le silence. Robert secoue les bras d'impuissance, ne sachant que

*dire à Raymonde. Comme à son habi-
tude, Robert cherche à évacuer le problème, qui pourrait devenir trop pe-
sant, par tous les moyens. Au bout
d'un moment, il trouve enfin)*

Robert Ben, hé, un chien !

Raymonde *(Hébétée)* Quoi, un chien ?

Robert Ben oui, on a qu'à prendre un chien !
(Mettant les points sur les i) Avec un
chien, tu as tous les avantages d'un
gosse, sans les inconvénients !
Ça bouffe les restes, ça couche dehors,
ça chie tout seul, et tu peux même
l'abandonner sur la route au moment
des vacances ! Essaie un peu de faire
tout ça avec un gosse !

Raymonde Et la fibre maternelle, qu'est-ce que tu
en fais ?
Les neuf mois avant, ça compte !

Robert *(Qui semble pris au dépourvu, cherche
la parade et la trouve)* Fais semblant !

Raymonde Quoi ?

Robert Tu t'accroches un oreiller sur le ventre
pendant neuf mois et à la fin du neu-
vième mois, hop, je file à la fourrière !

Raymonde *(Qui se demande si elle a bien entendu)*
T'es complètement fou !

Robert Mais non, au contraire, c'est une très
bonne idée !
*(Il prend un coussin sur le canapé et
veut le glisser sous la robe de Raymonde)*
Tiens, essaie !

Raymonde *(Qui se débat)* Mais fous-moi la paix !

(Ils luttent un moment, Raymonde tentant de rabattre sa robe pour empêcher Robert d'y mettre le coussin. Robert finit malgré tout par arriver à ses fins et entraîne Raymonde devant le miroir)

Robert Tiens, regarde-toi !

(L'illusion est parfaite et, devant la forme rebondie de son ventre, Raymonde se laisse fléchir)

Robert *(S'allumant une cigarette)* J'te l'dis !
(Rêveuse, Raymonde se caresse le ventre en se regardant dans la glace. C'est le moment que choisit Robert pour lui envoyer une bouffée de fumée dans la figure)
Pour moi, pas de problème, tu es vraiment enceinte !

Raymonde *(Tranchante)* Dis donc, il me semble qu'étant donné mon état tu pourrais t'abstenir de fumer !

Robert Hé, ho, je vais quand même pas me gêner pour un oreiller !
(Furieuse, Raymonde file chercher une bouteille d'eau qu'elle revient vider sur les pieds de Robert qui fait un bond en arrière)
T'es folle ! Qu'est-ce qui te prend ?

Raymonde Je t'annonce que je viens de perdre les eaux !

Robert Déjà ? Mais... t'es enceinte que depuis deux minutes !

Raymonde J'y peux rien, c'est un prématuré !
(Montrant la porte à Robert) Faut que tu ailles à la fourrière, Robert !
(Robert ne semble pas décidé. Raymonde hausse le ton) C'était ton idée !

Robert Mon idée... Oui, c'était mon idée, mais c'est pas à un jour près !

Raymonde *(Menaçante)* Jusqu'à maintenant, je me suis toujours effacée devant toi ! J'ai toujours fait tes quatre volontés, j'ai passé sur beaucoup de choses...
Maintenant, tu ne m'auras plus !
Tu m'as promis ce chien, je tiendrai bon !
J'irai jusqu'au bout ! Je ferai comme Gisèle, s'il le faut ! Je te quitterai et j'irai même jusqu'au divorce !

Robert *(Suffoqué)* Le divorce ! Pour un chien ?

Raymonde Pour ça aussi !

Robert *(Indigné)* Et l'argent que j'ai versé à l'agence matrimoniale ?

Raymonde De quoi ? Quel argent ?

Robert Alors, j'aurais donné du fric pour t'avoir, et maintenant, tu partirais ?

Raymonde Pendant toute cette année, je pense t'avoir suffisamment remboursé !

Robert Mais c'est du vol !
C'est exactement comme si tu payais une côtelette au boucher et qu'il te la reprenne ensuite !

Raymonde *(Décidée à ne plus se laisser berner, reste de marbre)* Le temps presse, la fourrière va bientôt fermer !

Robert Très bien ! Très bien ! J'y vais !
(Furieux, il enfile son imperméable et va pour sortir. Au moment de fermer la porte, il se tourne vers Raymonde)
Mais c'est seulement pour sauvegarder mon investissement !
(Il sort en claquant la porte violemment)

(Raymonde reste seule. Désabusée, elle retire le coussin de dessous sa robe et le jette sur le canapé. La lumière se resserre sur elle)

Raymonde Quand j'étais petite, je voulais être princesse Raymonde !
Je me disais qu'un jour un prince, beau, jeune, riche et intelligent, viendrait sur son cheval blanc pour m'enlever, se marier avec moi, vivre heureux et avoir beaucoup d'enfants...

Je n'aurai jamais d'enfants ! Je me suis mariée à un âge inespéré, pour ne pas dire désespéré, et je cuisine des andouillettes pour un Prince Charmant qui prend sa voiture tous les dimanches matin pour aller chercher le pain en tenue de jogging !

(Robert rentre de la fourrière avec un chien tenu au bout d'une laisse. Une étiquette pend au collier)

Robert Attention, j'arrive, c'est moi, je vais entrer, j'ouvre, j'entre. Voilà l'engin ! Je t'ai pris un bâtard, parce que les autres, là, les pedigrees de luxe, ça te coûte la peau des fesses !
D'ailleurs, je t'ai laissé l'étiquette !
(A Raymonde qui s'approche du chien pour le caresser) Alors, il te plaît ?

Robert Eh bien, parfait ! Voilà au moins une bonne chose de réglée !
(Raymonde continue de caresser le chien. Robert ne s'intéresse plus à eux.

Il regarde sa montre)
Je m'en voudrais d'interrompre ce joyeux tête-à-tête, mais je signale à tout le monde qu'il est 8 heures passées ! L'heure des estomacs !

Raymonde *(Parlant au chien)* Il a faim ? Il veut miam-miam ?

Robert *(Qui croit que la question s'adresse à lui)* J'avalerais un bœuf !

Raymonde Eh bien, maman va aller te chercher à manger ! Surtout pas bouger !

Robert Oh mais j'ai pas l'intention de m'en aller !
(Raymonde va à la cuisine d'où elle ressort quelques instants plus tard avec le bol marqué « Robert » qu'elle va déposer devant le chien)
(Indigné) Mon bol !
(Il s'avance pour récupérer son bol. Raymonde l'arrête d'un geste)

Raymonde Va pas te faire mordre !

(Robert fait un bond en arrière)

Robert *(Plaintif)* Mais c'est mon bol !

Raymonde *(Sèche)* Et alors ? Tu peux lui prêter, non !

Robert Mais puisque c'est mon bol...

Raymonde *(Allant droit sur Robert qui se laisse pousser jusqu'au canapé par la détermination de Raymonde)* Ecoute-moi, Robert, il y a TROIS choses que tu dois BIEN comprendre !

(Avec une progression dans la voix qui enfonce progressivement Robert dans les coussins du canapé) La deuxième c'est que tu m'as eue pour toi tout seul pendant une année !

La troisième c'est que tu n'en as même pas profité !

Et enfin, la PREMIÈRE que je gardais pour la fin car c'est la plus importante, c'est que C'EST TROP TARD ! *

(Elle s'assoit à côté de Robert sur le canapé)

Pourtant, au début, j'y ai cru, mais avec le temps, les habitudes se sont installées un peu partout ! Dans la chambre, dans la cuisine, ici et au bureau ! L'habitude de me laisser me lever la première, l'habitude de te faire à manger, l'habitude de travailler, l'habitude de regarder la télé, l'habitude d'être aimée...

Tu dis toujours que j'ai un tempérament de midinette parce que je voudrais être aimée comme au premier jour, mais qu'après des années de mariage le désir s'émousse. Mais je ne te suis qu'utile là où je devrais t'être indispensable ! Et c'est ça notre drame, Robert ! Ton amour, il se satisfait des limites prévues par le minimum légal, alors, forcément, ça te dispense de tout effort envers moi...

Robert *(Tentant d'argumenter)* Si c'est des efforts que tu veux, je peux t'en faire sans problème ! Et sans forcer même !

Raymonde *(Fatiguée d'entendre toujours le même refrain)* Ne promets pas ce que tu ne pourras pas tenir !

Robert *(Indigné, se redresse)* Tu paries ?

Raymonde Faut pas rêver sa vie, ou alors, faut la rêver avec des choses faisables !

(Noir. Off, sur la musique, on entend un montage du dialogue du début) « Ah bon, et on peut savoir ce que tu me reproches ? – Tes boules Quiès !... Seulement, ces putains de boules, qui c'est qui les retrouve sous mes fesses, etc., etc.

RIDEAU

Lors de la première, le 10 novembre 1989, la distribution était la suivante :

Raymonde : Mme Line **Michel**
Robert : M. Claude **Lemaire**
Gisèle : Mme Catherine **Artigala**
René : M. Gilbert **Libe**

La mise en scène était de Mme Marijo Kollmannsberger,
les décors de M. Lionel Lesage,
les costumes de Mme Françoise Brequigny
et la musique de M. Jean-Pierre Couleau.

1949-1989.
40 ans séparent ces deux photos ! 40 ans d'un puzzle dont chaque élément ne tend que vers un seul but : monter un jour une pièce de théâtre qui aurait pour nom *les Bidochon.*

Maman peint et dessine, papa écrit une pièce, des nouvelles et publie un roman à compte d'auteur dont la cave est pleine.

1952. Premier choc !
J'assiste médusé à la première de « La crèche de
Noël » par l'école de ma sœur. C'est décidé, moi
aussi quand je serai grand, je ferai du théâtre !

1953. C'est chose faite !
Après un casting éprouvant, j'arrache à mes
camarades de classe le rôle du monsieur
au chapeau à gauche de la dame au bonnet blanc
Le succès est immédiat.
D'ailleurs, maman n'a vu que moi.

1957. Deuxième choc !
La vision qui va décider de
toute ma carrière :
Tata Gabrielle (à gauche de
maman).
C'est décidé, un jour j'écrirai des histoires avec une
dame comme tata !

1959. Troisième choc !
En pèlerinage à Lourdes avec mes parents.
C'est lui ! Le monsieur, devant, avec un béret sur la
tête, c'est le mari qu'il faut pour tata !

Photo : Bruno Boissière

Maintenant, tout est en place.
Mon sens du théâtre, mes deux héros,
vite, ne perdons pas une minute !
J'entends déjà le public se presser à
l'entrée du théâtre et il me reste à peine
trente années pour écrire la pièce...

CATALOGUE J'AI LU BD

☺ : AVENTURES ET FICTIONS
☺ : HUMOUR
★ : JUNIOR
☆ : ADULTE
(* POUR LECTEURS AVERTIS)

CATALOGUE J'AI LU BD

☺ : AVENTURES ET FICTIONS
☺ : HUMOUR
★ : JUNIOR
☆ : ADULTE
(* POUR LECTEURS AVERTIS)

CATALOGUE J'AI LU BD

☺ : AVENTURES ET FICTIONS
☺ : HUMOUR
★ : JUNIOR
☆ : ADULTE
(* POUR LECTEURS AVERTIS)

CATALOGUE J'AI LU BD

☺ : AVENTURES ET
FICTIONS
☺ : HUMOUR
★ : JUNIOR
☆ : ADULTE
(* POUR LECTEURS AVERTIS)

Composition : Photocompo Assistance
Imprimé par Brodard et Taupin à la Flèche
le 10 avril 1990. - **1950C-5**
Dépôt légal mai 1990. ISBN 2-277-33189-9
Imprimé en Europe (France)

J'ai lu BD / Éditions J'ai lu
27, rue Cassette 75006 Paris

Diffusion France et étranger : Flammarion